Cocktail de saison

Éric Neuhoff

Cocktail de saison

éditions du
ROCHER

Éditions du Rocher
28 rue Comte Félix Gastaldi BP 521 – 98015 Monaco

www.editionsdurocher.fr

ISBN : 978-2-268-10792-9
EAN : 9782268108346

Nationale 20

Charles Trenet préférait la Nationale 7. La RN 20 n'est pas mal non plus. La province commence à la porte d'Orléans. Les auto-stoppeurs ont disparu. Qui prendrait un inconnu à bord en ces temps incertains ? Le plaisir de rallier le Sud-Ouest en voiture figure aux abonnés absents. Il reste des souvenirs de doubles débrayages et de queues de poisson. À ce rythme, sera-t-on obligé de repasser le permis tellement on aura oublié quelques gestes élémentaires ?

Si les péages ont leur charme, il est toutefois conseillé d'éviter l'autoroute. Adieu Paris. Dévorer des kilomètres de bitume est une joie sans pareille. La Nationale 20 traverse la France tout droit, comme un fil à plomb. À Orléans, la silhouette de la cathédrale se découpe sur un ciel d'automne. Dans son lit, la Loire se la coule douce.

Les limitations de vitesse obligent à un subtil jeu de l'oie. Des rangées de platanes au tronc peint en blanc saluent les véhicules. Il y a de plus en plus de stations-service à l'abandon. Des tags les défigurent. Quelle paix ! Une chanson de Simon and Garfunkel passe à la radio. Quel âge peuvent-ils avoir ? Comment s'appelait l'actrice qui incarnait Mrs Robinson, déjà ? On a enfin le temps de penser à des choses aussi inutiles.

Rien ne peut nous arriver. Nous sommes au chaud, en sécurité, comme le commandant Cousteau dans sa *Calypso*. À Châteauroux, une rocade contourne le centre-ville. En général, les enfants veulent s'arrêter au McDonald's. Il est trop tôt. Ça sera celui de Limoges. Qui n'a pas conduit l'après-midi avec cette si particulière odeur de mayonnaise sur les doigts ne sait pas ce qu'est la douceur de vivre. Les paysages ont la politesse de changer.

Bientôt l'ardoise est remplacée par la tuile. À hauteur de Brive, une pensée émue salue Denis Tillinac. En mai 68, il avait enfourché son Solex pour rouler jusqu'à Bordeaux sur des routes désertes. À bientôt, cher vieux Denis.

Il faudrait se débrouiller pour s'arrêter à Cahors, s'attabler au *Balandre*, en face de la gare. Vierzon, Uzerche, Souillac, Montauban, Caussade, cette litanie confine à la poésie. La terre est soudain légère.

Faire le plein permet d'avaler un mauvais café devant une machine automatique. On n'échangerait cette boisson pour rien au monde. Allons, pousser jusqu'à Toulouse n'est pas au-dessus de nos forces. Le Capitole est sûrement fermé. On constatera que dans la Ville rose aussi, les rues piétonnes sont une calamité.

Il sera conseillé de traverser la frontière et de s'attabler chez *Patxikuenea*. La terrasse est sous les arbres. Il y a des nappes blanches. La viande est la meilleure du monde. Elle est rouge. Les gambas sont cuites sur feu de bois. La nuit tombe doucement. Les verres s'enchantent du rioja Luis Cañas.

L'Espagne est là. La tentation du Perthus vous saute à la gorge. Un coup d'accélérateur et Barcelone s'impose comme destination finale. Qui sait ? Il y aura peut-être encore de la place à la *Bodega 1900* avec son menu-surprise qui laisse muet d'admiration. Il n'est pas interdit de rêver.

Romy Schneider

Alain, Luchino, Claude et les autres, ils sont tous là. La maîtresse de maison les accueille à bras ouverts. Elle s'appelle Romy Schneider. Elle fait semblant d'être morte le 29 mai 1982. Pour l'actrice autrichienne, le cinéma est une affaire de famille. Sa mère et sa grand-mère étaient du bâtiment. Le moyen de ne pas suivre leurs traces ? Romy incarnera trois fois la célèbre impératrice de son pays. Le rôle lui colle à la peau. Elle déplacera des montagnes pour s'en détacher. La perruque de Sa Majesté pèse six kilos. L'expression « port de reine » prend soudain toute sa dimension. L'audace sera sa marque de fabrique.

Dans *Jeunes filles en uniforme*, elle séduit son enseignante. Voici Romy à New York en 1958. Elle surplombe, songeuse, la cathédrale Saint-Patrick depuis la fenêtre de son hôtel. Elle était venue passer des essais pour Disney.

Elle apparaît sur le tournage du *Guépard*. Delon bien sûr. À chaque fois, sa mère n'est pas loin. Cherchez Magda. Qu'arrive-t-il ? Romy est dans un lit d'hôpital : appendicite. Chanel l'habilla jusqu'en 1969. Le tailleur en laine chinée devient sa tenue de prédilection. « L'important ce n'est pas la mode, c'est l'élégance. » Son séjour à Hollywood débute en 1963, un contrat avec la Columbia en poche. « Dans quinze jours, je pars chez les fous. »

Elle côtoie Jack Lemmon et Woody Allen. Cela donne envie de découvrir *Prête-moi ton mari*, de David Swift. Une lettre d'Henri Langlois témoigne de son admiration pour *Quoi de neuf, Pussycat?*. Des clichés la montrent en train de dîner avec Marguerite Duras (*Dix heures et demie du soir en été*) ou d'étrangler Clouzot (*L'Enfer*). Truffaut lui écrit pour lui proposer une comédie romantique avec Belmondo. Un détour s'impose par le méconnu *La Voleuse* avec déjà Michel Piccoli. Sautet a droit à un traitement privilégié.

Les pages du script des *Choses de la vie* sont noircies de corrections signées Jean-Loup Dabadie. Sautet a dessiné des esquisses pour l'affiche de *Max et les ferrailleurs* où elle jouait une prostituée. Au départ, *César et Rosalie* devait s'intituler *Daniel, Rosalie et César*. Une première version portait la mention *Rosalie ou le coup de foudre*. Ces détails émoustillent. La robe du mariage n'a pas bougé, avec ses motifs géométriques. Tiens, une lettre postée depuis le *Sofitel* de Quiberon, où la comédienne se refaisait une santé. Elle obtient son premier César pour *L'important c'est d'aimer*. En larmes, elle s'excusait devant un photographe de participer à des œuvres alimentaires. On vérifiera qu'à l'époque la statuette n'avait pas la même forme qu'aujourd'hui.

L'eau est toujours aussi bleue. Il faut se souvenir. Dans les années 1960, les maisons avec piscine n'étaient pas la règle. Ce détail ajoutait au charme du film. Il y avait ce rectangle turquoise. Il y avait aussi Delon, Ronet. Ne pas oublier une débutante qui s'appelait Jane Birkin. Autre vedette : une Maserati Ghibli rouge. La panoplie est au complet. Pourtant, *La Piscine* revient de loin.

Alain Page, l'auteur du roman, n'est pas content de l'adaptation signée Jacques Deray et Jean-Claude Carrière : « Je trouve que leur aventure sent l'employé de bureau. » On ne tient pas compte de son avis. Jeanne Moreau, Delphine Seyrig avaient été pressenties. Dans *Le Film français*, une publicité annonce Monica Vitti. Suggérées par la production, Natalie Wood et Leslie Caron refusent de se montrer en maillot de bain. D'autres noms circulent : James Fox, Daniel Gélin, Angie Dickinson, Jean-Pierre Cassel. Delon impose Romy. Il est aux anges. « J'étais anxieux de ces retrouvailles. Elles ont été vraiment fabuleuses, comme si on ne s'était jamais quittés, comme si notre séparation n'avait duré que vingt-quatre heures. » « Si tous les acteurs qui ont vécu ensemble ne pouvaient plus travailler ensemble, il n'y aurait bientôt plus de films », renchérit l'actrice, philosophe.

Le 19 août 1968, Deray plante sa caméra dans une villa de Ramatuelle qui avait auparavant servi de décor au *Voyage à deux*, de Stanley Donen. Gainsbourg surveille Jane Birkin de près. « Ça n'est pas tellement Delon qui me fait peur, mais Ronet. Celui-là, avec son air de ne pas y toucher… » Tout cela respire l'époque. Les meubles sont de Gaetana Aulenti. Romy est en Courrèges. Elle roule en R8 Gordini. Problème : elle n'a pas le permis. Les hommes ont des chemises cintrées. Les lunettes de soleil devraient figurer au générique. La consigne est simple : « Il faudrait pouvoir compter les gouttes de sueur sur la peau des personnages » (Carrière).

Romy fête son 30e anniversaire sur le plateau. Des visiteurs surgissent. Bardot est là en voisine. Les champions de natation Christine Caron et Alain Mosconi piquent une tête. Pour la musique, Delon suggère Michel Legrand.

Le tournage a été effectué dans l'ordre chronologique, chaque séquence a été enregistrée en français, puis en anglais. Il existe une fin alternative pour l'international. À Rome le film a failli sortir sous le titre *Comment tuer son meilleur ami sans avoir d'ennui avec la police*. L'été 2021, *La Piscine* est resté quatorze semaines sur les écrans new-yorkais. Bonne nouvelle. En 2016, Luca Guadagnino s'est lancé dans un remake ridicule, *A Bigger Splash*. La nouvelle est moins bonne. Il devrait y avoir des lois.

L'ombre du nazisme plane sur le parcours. Romy Schneider se lancera dans cinq films sur la Deuxième Guerre. En Allemagne, *Le Vieux Fusil* fut étrangement rebaptisé *Frau Marlene*. Le prénom de l'héroïne était pourtant Clara. Tout le monde se souvient de la scène où, dans une *Closerie des Lilas* bondée, Noiret lui dit soudain « Je vous aime ». Elle soulève sa voilette, boit une gorgée de champagne et lui répond « Vous êtes fou ». On s'attend presque à tomber sur le mannequin carbonisé par le lance-flammes d'un SS.

Dans *Le Train*, le paisible Trintignant perdait la tête pour elle dans la France de l'exode. Il avait des excuses. Le livre de Simenon était tellement triste que Robert

Enrico et Pascal Jardin modifièrent la fin. *La Passante du Sans-Souci* sera son dernier film. Difficile de ne pas y voir une sorte d'adieu. Elle se lance sans hésiter dans *Le Trio infernal.* Dissoudre des cadavres dans de l'acide sulfurique ne l'effraie pas une seconde. Dans *Garde à vue*, elle est la femme du notaire accusé d'avoir tué une fillette. Dans *Clair de femme*, le malheur lui tombe dessus dans un silence assourdissant. Elle sortait de chez Romain Gary, Drieu La Rochelle ou Kafka. Des projets l'attendaient encore, *L'un contre l'autre* de Granier-Deferre avec Delon ou une histoire de double vie proposée par Sautet et Costa-Gavras. Le cinéma est souvent un art au conditionnel passé.

C'était une femme française. Les papiers d'identité de cette « paysanne autrichienne » (ce sont ses propres termes) importaient peu. Son accent ajoutait au charme. Elle était belle comme la femme d'un autre, pour reprendre la formule de Morand. On lui pardonnait tout, même des nanars comme *Les Innocents aux mains sales* de Chabrol. Elle détestait le star-system, était exigeante et modeste à la fois.

Sa cigarette ne la quittait pas. Son franc-parler l'accompagnait partout. « Je dis trop souvent ce que je pense, je suis une mauvaise actrice dans la vie quotidienne. » Elle avait un trac fou. « Elle peut devenir un cheval de course incontrôlable quand on dit moteur », confiait Piccoli. Il y a le temps qui passe, les tragédies qui ne disent pas leur nom. « Il n'y a pas de cadeau dans ce métier. Aucun. Je n'en donne pas, on ne m'en donne pas, c'est tout, pas un mot de plus à dire là-dessus. »

On gardera aussi le souvenir de ce cliché : elle sourit et adresse un clin d'œil à l'objectif, clope au bec. C'est elle. Romy, toujours recommencée.

La vie est un film

On dîne dans une brasserie pour imiter les personnages de Claude Sautet. La choucroute fume dans les assiettes. Les serveurs ont leur tablier blanc. On les appelle *« garçon! »* en oubliant qu'il s'agit d'un titre. On allume une cigarette et l'on devient Bogart. Où est passée Lauren Bacall ? Une question nous taraude : est-ce que les femmes sont magiques ? Même Truffaut, dans *La Nuit américaine,* n'avait pas la réponse.

Le cinéma a aussi ses inconvénients. Comment emprunter une autoroute sans se méfier de ce poids lourd qui nous double ? *Duel* a laissé des traces. Plusieurs étés de suite, *Les Dents de la mer* nous ont gâché les parties de pêche sous-marine. Derrière notre masque, nous lancions des regards affolés au cas où un requin affamé surgirait.

Dans les films, souvent, ce qu'il y a de mieux, ce sont les maisons. On devrait leur donner des prix d'interprétation. Une preuve en est fournie avec la demeure de Guillaume Canet dans *Lui.* Elle se trouve en haut d'une falaise, sur une île bretonne. À quel agent immobilier faut-il s'adresser ? Dans *En attendant Bojangles,* il y a un château en Espagne. Un vrai, tout en pierres presque orangées. Il est au bord de la mer. Le scénario ne précise pas sur quelle côte exactement. Pourtant, on y passerait bien un prochain été. Inutile de revenir sur la villa *Malaparte* à Capri où Godard tourna *Le Mépris.* Elle bat toutes ses concurrentes à plates coutures.

Ne rêvons pas : ça n'est pas demain que nous nous installerons dans le manoir de *Downton Abbey.* Dîner tous les soirs en habit, quelle barbe ! Les vacances sont faites pour atterrir dans le mas tropézien de *La Piscine.* Gare à la noyade. Les plus inconscients réserveront une chambre au *Bates Motel,* tenu par Anthony Perkins, avec des oiseaux empaillés à la réception. La douche est fortement déconseillée. Heureusement, l'endroit n'existe pas. Il s'agit d'un décor pour les studios Universal. Dommage pour le room service.

Les années Giscard

Il y avait les tee-shirts. Ils étaient blancs. Les demoiselles de bonne famille les arboraient fièrement. La formule « Giscard à la barre » ornait leur poitrine. Cela donnait du piment à la campagne électorale. Le reproche adressé à Mitterrand durant un débat fameux – « Vous n'avez pas le monopole du cœur » – prenait soudain une couleur différente. Le candidat socialiste n'avait rien trouvé de mieux, comme slogan, que « Mitterrand président ». La rime était pauvre. Ses communicants, comme on ne disait pas encore à l'époque, ne s'étaient pas fatigués. Giscard était d'humeur bucolique : sa femme et une de ses filles avaient des prénoms de fleurs.

Quel était le parti de Valéry Giscard d'Estaing, en 1974 ? RI ? UDR ? On se perdait dans les initiales. Les étudiants ne se posaient pas de questions. Ils étaient trop jeunes pour voter, se contentant de coller des affiches la nuit en blouson d'aviateur (la tâche arrondissait singulièrement l'argent de poche). Pour avoir la majorité, il fallait attendre 18 ans. On ne glisserait pas son bulletin dans l'urne. Tant pis : à la place, on passerait le permis de conduire. Dans la foulée, le chef de l'État supprimerait plus ou moins la censure. Ne pas oublier qu'*Emmanuelle* était en permanence à l'affiche sur les Champs-Élysées.

Le cinéma était en pleine forme. Sautet tournait *Vincent, François, Paul et les autres*. Yves Robert, c'était *Un éléphant, ça trompe énormément*, toujours sur un scénario de Jean-Loup Dabadie. Isabelle Adjani prenait une *Gifle* et quittait la Comédie-Française. Dans *Le Vieux Fusil*, Noiret déclarait sa flamme à Romy Schneider et dessoudait une garnison SS. Yves Boisset brocardait le Français moyen avec *Dupont Lajoie*. Le cinéma allemand avait le vent en poupe. On ne jurait que par Werner Herzog, Wim Wenders, Fassbinder. Tout cela a bien vieilli.

Les films catastrophe avaient du succès. Pour *Tremblement de terre*, les fauteuils vibraient au moment des secousses. Des ambulances stationnaient devant les salles qui projetaient *L'Exorciste*. Le public se tordait devant les excentricités des Monty Python et les parodies de Mel Brooks. *À nous les petites Anglaises* vantait le tourisme outre-Manche et préconisait une façon inédite de danser le slow. *Taxi Driver* raflait la palme d'or. La réplique de De Niro face à son miroir – « You're talking to me? » – fut reproduite sur un nombre incalculable de répondeurs automatiques. Les chefs-d'œuvre encombraient les écrans. Entre *Apocalypse Now*, *Voyage au bout de l'enfer*, *Vol au-dessus d'un nid de coucou*, *Manhattan*, cela n'arrêtait pas. Dans *Barry Lyndon*, les scènes étaient éclairées à la bougie.

Dans les cafés, les taxiphones fonctionnaient avec des pièces de vingt centimes. Les garçons apprirent avec un coup au cœur le mariage de Caroline de Monaco. *Le Palace* était la boîte incontournable. Le disco régnait. Sur la piste, des banlieusards en pantalon à pattes d'éléphant imitaient le Travolta de *La Fièvre du samedi soir*. Le reggae rythmait les soirées. Gainsbourg en fit une *Marseillaise* et échappa de peu à la vindicte de parachutistes. Patti Smith chantait aux Abattoirs de Pantin. Le rock français alignait Bijou, Téléphone. Bientôt, certains se mirent des épingles à nourrice dans le nez. Le punk déboulait. « No future », lisait-on sur les murs des Halles, quartier à la mode avant d'être livré à la clochardisation.

Les restaurants américains servaient des cocktails phénoménaux. Qu'est-ce qui était meilleur, l'Irish Coffee de *Joe Allen* ou le Harvey Wall Banger du *Conway's* ? Il fut un temps, oui, où l'on mangeait des hamburgers entre deux théâtres pornos. Les dames étaient au volant de petites Autobianchi. Les messieurs préféraient les Golf.

Bernard Hinault régnait sur le Tour de France. En football, les Verts de Saint-Étienne raflaient la mise. La chanson qui leur était consacrée grimpait au sommet des hit-parades. Nous aurons connu ça. À Roland-Garros, un Suédois aux cheveux blonds jouait en fond de cour. Borg était toujours le vainqueur. Cela était presque lassant. McEnroe engueulait l'arbitre. Connors poussait des cris de bûcheron à chaque service. Le Paraguayen Victor Pecci avait une boucle d'oreille. On prétendait que son père était milliardaire. Guillermo Vilas était gaucher. Cela ne l'empêchait pas d'écrire de la poésie.

Le dimanche, après le gigot, personne ne ratait un numéro du Petit Rapporteur à la télévision. Jacques Martin lançait Daniel Prévost et Pierre Desproges. Plus tard, ce fut le tour de Collaro Show. Les émissions étaient en direct. Georges Marchais avait son cri du cœur : « Taisez-vous, Elkabbach ! » Le vendredi soir, à cause d'Apostrophes, il n'était pas question d'accepter un dîner. Chez Bernard Pivot, Bernard-Henri Lévy apparut avec sa chemise blanche. Jean d'Ormesson avait ses yeux bleus.

Le week-end, les libraires remplissaient leurs tables avec les livres des invités. Un certain Ajar obtenait le Goncourt pour *La Vie devant soi*. Cette affaire était bizarre. L'auteur se cachait, habitait à l'étranger. Comme ça, Romain Gary avait un neveu ? Roland Barthes regrettait de ne pas être romancier et publiait *Fragments d'un discours amoureux*. Modiano avait déjà compris qu'il aurait le Nobel. Jean-Patrick Manchette et ADG incarnaient le néopolar. Marguerite Yourcenar était la première femme à entrer à l'Académie française. Ce fut un beau tintouin. Beaubourg fut aussitôt rebaptisé la raffinerie de pétrole. Les dessins de Folon et de Bretécher envahissaient les affiches.

Il était permis de rire à *La Cage aux folles* qui triomphait au Palais-Royal. Thierry Le Luron parlait le Giscard à la perfection : ce célèbre chuintement. Les kiosques débordaient de journaux. *Le Quotidien de Paris* concurrençait *Le Matin de Paris*. Philippe Tesson et Claude Perdriel échangeaient des noms d'oiseaux dans leurs éditoriaux. Jean-François Bizot inaugurait la nouvelle formule d'*Actuel.* Au Masque et la plume, Jean-Louis Bory s'écharpait avec Georges Charensol. Il se suicida le jour de la mort de John Wayne. A-t-on idée ? On retrouva le cadavre de Jean Seberg à l'arrière d'une R5. Khomeyni se réfugiait à Neauphle-le-Château où il avait pour voisine Marguerite Duras. L'ayatollah a-t-il vu *India Song* ou *Le Camion* ? Cela expliquerait son envie de rentrer dans son pays. Le baron Empain était kidnappé. Pasolini se faisait assassiner et son film *Salo* fut posthume.

Quelque chose était en train de changer et on ne devinait pas exactement quoi. Ça n'était pas seulement les diamants de Bokassa, ni les *Bains-Douches* qui avaient supplanté *Le Palace.* La musique se répétait. Un cinglé tirait sur John Lennon. Les Stones essayaient de ne pas se séparer. L'air de rien, Spielberg et Lucas s'apprêtaient à détruire le cinéma qu'ils avaient aimé. Après *La Guerre des étoiles*, plus rien n'a été pareil. Le monde est devenu un parc à thème. Du coup, la nostalgie fait rage. Aujourd'hui, les tee-shirts « Giscard à la barre » se revendent des fortunes.

Syndicat d'initiative

Où partir en vacances? L'exotisme appartient au passé. Le cinéma semble la destination la plus sûre. Pas d'annulation de dernière minute. Un canapé suffit et nul besoin d'attacher sa ceinture. La saison incline au Sud. L'Italie gagne haut la main. Les adeptes d'Antonioni sauteront dans un aliscaphe pour Panarea où la Lea Massari de *L'Avventura* disparaissait sur un rocher au large. Les citadins préféreront se baigner à minuit dans la fontaine de Trevi en compagnie d'une blonde sculpturale. Ah, *La dolce vita*!

La Grèce lève le doigt. Et l'île d'Amorgos qu'on voyait dans *Le Grand Bleu*? Port du masque obligatoire par cent mètres de fond. L'Espagne proteste. Direction Cadaqués où James Mason se saoulait aux alcools divers dans *Les Pianos mécaniques.* À condition de ne pas avoir peur des seringues, les pratiquants de plaisirs encore plus défendus opteront pour Ibiza où Barbet Schroeder tourna *More.*

Les patriotes prôneront la France. Le choix est vaste. Il y a le lac d'Annecy à cause du *Genou de Claire,* le Biarritz *d'Hôtel des Amériques. L'Hôtel de la plage,* lui, était à

Locquirec. L'île de Ré des *Maris, les femmes, les amants* n'est pas à déconseiller pour les familles.

Quel repos, ces vacances. Pas le moindre touriste à côté de vous, avec son selfie et sa banane autour de la taille. Il n'existe pas de vaccin contre le 7e art, ce merveilleux virus.

Le Genou de Claire

Les adultes ne sont pas sérieux. Ils parlent tout le temps. On est en vacances. On est chez Rohmer. Il y a du beau monde. La villa au bord du lac s'arracherait dans les agences immobilières. Ce mois de juillet à Annecy est consacré aux discussions sur l'amour, le désir, les sentiments. Le sujet intéresse Jean-Claude Brialy, qui va se marier. Il se confie à une amie romancière. Ils se sont connus à Bucarest. Il était attaché culturel. On voit que le film ne se passe pas chez les « Gilets jaunes ». « Je ne regarde plus les dames », dit-il. Vraiment ?

La petite Laura lui court après, tout en culot et en mini-jupe. Il joue avec, a quand même une préférence pour la sœur aînée de celle-ci. Claire est blonde, boudeuse. Elle a un petit ami bien crétin. Brialy lui tourne autour. Il n'en demande pas beaucoup : juste lui toucher le genou. C'est un conte moral. Le charme opère. Le film est précisément daté, comme un journal intime.

Les humeurs changent comme la météo. Au loin, les montagnes barrent l'horizon. Le héros conduit un horsbord. Un orage éclate. Il faut s'abriter. Était-ce la peine de faire pleurer Claire pour arriver à ses fins ?

Rohmer est un cas à part. La délicatesse est son domaine. L'introspection lui semble le meilleur des suspenses. La tentation de la trahison est là. Elle n'aboutira pas, comme toujours avec lui. Ici, on n'est pas chez Catherine Breillat. Quel plaisir d'entendre ces privilégiés disséquer leurs états d'âme, user d'un français impeccable. La mise en scène est au diapason, claire, simple, évidente. Les caractères existent. Laura soupire. Ce décor l'oppresse. Elle a tort. Tout est vert, l'herbe, l'eau, les arbres, le ciel. Elle ne supporte pas les gens de son âge, les trouve idiots. Le jeune Luchini l'emmène en canoë, lui fait une cour empressée (« Faut pas l'écouter, il est dingue », prévient l'adolescente). Il est déjà lui-même. « Quand tout est beau autour de moi, je ne peux pas m'ennuyer. »

Le spectateur adopte cette réplique qui surgit au détour d'un échange. Il s'interroge lui aussi pour savoir si toutes les femmes se valent, si l'amour et l'amitié sont la même chose. Brialy barbu offre une rose, porte un chapeau de paille, est invité à dîner (cravate). L'emploi du temps est rempli à ras bord. Plus une minute à soi. Paris est loin. Pratiquer le tennis s'impose. Il est permis de préférer le volley-ball. Surtout, ne pas se mêler aux clients du camping voisin. Cela n'empêche pas ces bourgeois – on disait ça, en ce temps-là, et c'était presque une insulte mêlée d'envie – d'aller au bal du 14 juillet. Claire danse avec son bellâtre. Brialy pense comme au Graal à ce genou, « aigu, étroit, lisse, fragile ». On n'a plus revu sa propriétaire au cinéma, Laurence de Monaghan.

C'est dommage. Au moins, elle reste pour l'éternité à l'affiche de ce classique où des dames chics – snobs ? – circulent en 4-chevaux, s'appellent Lucinde ou Aurora, où les intermittences du cœur sont bercées par le bruit des balles sur la terre battue.

L'intelligence du propos, la finesse de l'interprétation, le choix du site, on ne sait qu'admirer le plus. À la fin, la villa des Catalpas est à vendre. Les futurs acquéreurs vont se bousculer. Il s'agit d'un monument historique.

Détruire, dit-il

L'idée était pourtant jolie. Il s'agissait de fabriquer des tee-shirts sur lesquels serait imprimé le titre d'un livre. Il y avait ainsi *Les Gens de la nuit.* Un éditeur a exigé que l'objet en question soit détruit, comme on pilonne un roman qu'on n'a pas réussi à vendre. Quelle mesquinerie! La petitesse n'épargne pas Saint-Germain-des-Prés. Michel Déon se retourne dans sa tombe.

La créatrice se consolera en contemplant les autres exemplaires de sa marque. La poésie se décline sur du coton blanc. Une demoiselle arbore *L'Amour l'après-midi,* ce qui ouvre des perspectives. Une autre semble appartenir au club des *Filles du feu.* La troisième choisit de mettre en avant *L'Attrape-cœurs* et doit toujours se demander où vont les canards de Central Park en hiver, quand le lac est gelé. Et celle-ci dont *La Côte sauvage* barre la poitrine, on lui proposera un week-end en Bretagne (éviter néanmoins de s'y rendre au volant d'une Mercedes, comme Jean-René Huguenin qui se tua sur la Nationale 10).

Drieu aurait été ravi de voir les Parisiennes se parer du *Feu follet* en lettres noires. C'est mieux que d'avoir sur le ventre le portrait de Che Guevara ou de Charles Manson, non ? Alors, soyez gentils, messieurs de l'édition, rendez-nous *Les Gens de la nuit :* cette histoire nous empêche de dormir. Elle est trop bête. Elle est trop triste.

Ernest Hemingway

Cinquante et un dry martinis : il fallait fêter ça. C'était le 25 août 1944. Ernest Hemingway venait de libérer le bar du *Ritz*. Il était correspondant de guerre et accompagnait le 22e régiment d'infanterie. Quelques jours auparavant, il avait annoncé son projet au général Leclerc, qui l'avait considéré d'un regard glacial. L'écrivain en fut vaguement dépité. Ce fait d'armes, sans doute enjolivé, s'ajoutait à sa légende. Il n'allait pas laisser Paris aux Allemands. La ville avait été le décor de ses meilleurs souvenirs. C'est Sherwood Anderson qui, en 1921, lui avait conseillé de s'installer en France.

Il faut imaginer. C'était donné. À l'époque, le change était si favorable que le moindre exilé pouvait mener dans la capitale une vie de millionnaire. Jusqu'en 1925, ce fut son royaume, sa cour de récréation. Il venait de se marier avec Hadley Richardson. Ils étaient jeunes et pauvres, pleins d'espoir et d'énergie. Ernest, qui n'a publié que « trois histoires et dix poèmes », veut devenir un auteur sérieux. Il écrit au crayon. L'avenir est à lui. « Tout Paris m'appartient. » Le couple a posé ses valises 74, rue du Cardinal-Lemoine, « adresse des plus misérables », note-t-il dans *Paris est une fête*. L'appartement se compose de deux pièces sans eau courante.

L'Américain découvre avec un certain étonnement le charme des toilettes à la turque. Pour travailler, il loue aussi une chambre dans l'hôtel où est mort Verlaine. Sinon, il y a les cafés. Ce sont ses résidences secondaires. Au *Café des Amateurs*, « le tout-à-l'égout de la rue Mouffetard », les ivrognes entassés au zinc ne l'impressionnent pas. Il a ses habitudes. Quel bonheur de prendre un crème suivi d'un rhum Saint-James (quand même), place Saint-Michel ! Plus tard, le garçon lui apportera une demi-douzaine de portugaises accompagnées d'un vin blanc sec. On apprend au passage qu'il existait déjà des braseros sur les terrasses. Aucun élu écologiste ne protestait alors.

Ses pas le conduisaient souvent au Musée du Luxembourg, où il admirait les impressionnistes. Il voulait écrire comme Cézanne peignait. « Ce qu'il faut, c'est écrire une seule phrase vraie. Écris la phrase la plus vraie que tu connaisses. » Une halte s'impose rue de Fleurus. Au 27 habite Gertrude Stein. La dame qui a un physique de Playmobil collectionne les tableaux, noircit des pages et des pages qui ne sont pas publiées, lui suggère de « ne lire que des livres vraiment bons ou franchement mauvais ». C'est elle qui popularise l'expression « génération perdue », formule qu'elle a chipée à un garagiste rudoyant son employé.

Dans l'atelier, la gouvernante sert des fines à l'eau. La maîtresse des lieux lui recommande de se rendre à

Pampelune l'été 1923. Riche initiative. Cela donnera *Le Soleil se lève aussi*, une passion non démentie pour les corridas. La promenade se poursuit jusqu'à la librairie Shakespeare and Company, que tient Sylvia Beach, qui lui fait crédit et lui offre *Ulysse* de Joyce. L'Irlandais, dont les finances ne sont pas si minces, a son rond de serviette chez *Michaud*, à l'angle de la rue Jacob et de la rue des Saints-Pères. C'est dans les w.-c. de cet établissement que Scott Fitzgerald montra à Hemingway son anatomie dont s'était moquée son épouse Zelda. Ernest le rassura sur ce point et l'emmena au Louvre contempler des statues de nus.

Hemingway a la belle vie. Il achète au kiosque un journal hippique, se rend aux courses à Auteuil ou à Enghien. Cet homme a tout le temps faim. Chez *Prunier*, il déguste un crabe à la mexicaine. Chez *Lipp*, il commande un distingué et une salade de pommes de terre avec du cervelas. Au *Nègre de Toulouse*, boulevard du Montparnasse, les menus sont polycopiés à l'encre violette. Le plat du jour est un cassoulet qu'il convient d'arroser d'un vin de Cahors. Quand il passe devant le *Dingo Bar*, rue Delambre, il se rappelle y avoir été présenté à un Scott Fitzgerald déjà bien entamé et qui préférait la rive droite (rue de Tilsitt, a-t-on idée, comme un dentiste !). *La Closerie des Lilas* est un de ses repaires, « l'un des meilleurs cafés de Paris », où les habitués du *Dôme* et de *La Rotonde* ne venaient jamais. C'est là qu'il croise Blaise Cendrars avec son bras en moins.

À la table voisine, Ford Madox Ford siffle un chambéry-cassis. Il discute avec le serveur à qui le patron a demandé de se raser la moustache. En le voyant remplir ses carnets à un guéridon de la terrasse, le propriétaire lui dit : « Vous avez l'air d'un homme tout seul dans la jungle. » Réponse de Hemingway : « Je suis comme un cochon aveugle quand je travaille. » Il faut préciser que sa géographie a changé, qu'il a déménagé juste à côté, au 113, rue Notre-Dame-des-Champs, au-dessus d'une scierie. Le couple a eu un bébé, Bumby, qui ne pleure jamais. L'existence baigne dans une douce lumière. « Paris était une très vieille fille et nous étions jeunes et rien n'y était simple, ni même la pauvreté, ni la richesse soudaine, ni le clair de lune, ni le bien, ni le mal, ni le souffle d'un être endormi à vos côtés dans le clair de lune. » Hemingway est un peu au paradis. Il pardonne même à Hadley d'avoir perdu gare de Lyon une valise contenant tous ses manuscrits, originaux et doubles compris.

Il se console en assistant aux six jours du Vélodrome d'Hiver, en boxant avec le poète Ezra Pound, en traversant le jardin du Luxembourg pas encore envahi de joggeurs. Au *Dôme*, le peintre Pascin, ivre, parade en compagnie de deux modèles aux mœurs, disons, légères. L'alcool est de tous les instants. Cela n'empêche pas l'inspiration. Paris est « pourtant la ville la mieux faite pour permettre à un écrivain d'écrire ». Ernest ne s'en prive pas. Il croit en son destin. Il sait que ces années seront à nulle autre pareilles. Son personnage se façonne à coups de ratures, de cocktails aux noms bigarrés, de doigts engourdis par le froid qui tapent sur le clavier de la machine. Sa doublure caricaturale n'a pas été inventée –

macho, chasseur, homme à femmes, pêcheur d'espadons, pilier du *Floridita* à La Havane, alors qu'il n'était qu'un innocent du Middle West. Il aime le whisky et l'amitié, l'odeur des marronniers, le marché de la rue Mouffetard, la sciure sur le carrelage des bistrots. Paris le hausse au-dessus de lui-même. Il en a une conscience aiguë.

Ses nouvelles commencent à se vendre à des magazines. Dès que l'argent entre, il le dépense au *Crillon*. « Tel était le Paris de notre jeunesse, au temps où nous étions très pauvres et très heureux. » Les pages où il se sépare de Hadley sont proprement déchirantes. Fitzgerald avait raison, dans le fond : « Toute vie est un processus de démolition. » Il ne s'agit pas d'oublier que cette histoire se terminera un matin de 1961 par un coup de feu dans une maison de Ketchum (Idaho). Les Prix Nobel se tirent une balle dans la tête en pyjama et en robe de chambre. La détonation résonnera jusqu'aux confins de la rive gauche. On l'avait surnommé « Papa » alors qu'il n'était qu'un éternel orphelin. Le vieux lion fourbu n'en pouvait plus. En Espagne, les taureaux étaient en deuil. Les boxeurs du monde entier jetèrent le gant. En 1918, Hemingway avait signé cette phrase : « Comme il vaut mieux disparaître dans un flamboiement de lumière plutôt que de voir son corps vieilli, usé, ses illusions brisées. »

Paris est une fête sera un livre posthume. Il deviendra un best-seller inattendu après les attentats du *Bataclan*. Pauvre Ernest. Aujourd'hui, les boissons fortes sont à consommer avec modération. Les prix Nobel vont maintenant à des chanteurs de variétés. *La Rotonde* a été incendiée par des « Gilets jaunes ». La statue du maréchal Ney veille toujours sur *La Closerie des Lilas.* Sur une table à l'intérieur, une plaque est gravée au nom de Hemingway. Le restaurant *Michaud* a été rebaptisé *Comptoir des Saints-Pères,* avec sa terrasse éphémère sur le trottoir d'en face, devant la faculté de médecine.

La librairie de Sylvia Beach est désormais une boutique de prêt-à-porter. Le *Dingo Bar* s'est transformé en *Auberge de Venise.* Des photos de Hemingway sont affichées sur les murs. À la carte, il y a une « scaloppina Marcel Jullian ». On est peu de chose. Pourtant, *Au-delà du fleuve et sous les arbres* avait pour cadre la cité des Doges. Rue Notre-Dame-des-Champs, le n° 113 n'existe pas. On saute directement du 111 au 115 bis. Rue de Fleurus, la façade du 27 ressemble à toutes les autres. Place Vendôme, les grilles du *Ritz* sont parfois fermées. Le petit bar, côté rue Cambon, est dédié à Hemingway. Aucun Américain dans les parages. Ce sera l'occasion, pour certains, d'engloutir cinquante et un martinis dry. « Il n'y a jamais de fin à Paris ». À la vôtre, Papa !

Suicide, mode d'emploi

À Londres, on peut lire une énorme biographie – 1 000 pages – de Sylvia Plath. En 1963, à 30 ans et des poussières, l'auteur de *La Cloche de détresse* met la tête dans le four. C'était entrer ainsi dans une longue cohorte de destins brisés.

Il faut bien avouer que le suicide n'a plus la cote, chez les artistes. Les chanteurs de variétés évitent de se trancher les veines. Aucune starlette ne songerait à avaler des comprimés. Les hebdomadaires à scandale se désolent. On ne peut compter sur personne. Où est le temps des Drieu La Rochelle (gaz plus gardénal), des Montherlant (balle dans la bouche) ?

Parfois, une œuvre se signe d'un trait de sang, d'une détonation dans le noir. Jean-Louis Bory braque une arme à feu contre son cœur. Romain Gary s'enfonce un calibre 38 dans la bouche après s'être acheté une robe de chambre rouge. Dans sa maison, impasse du Moulin-Vert, Patrick Dewaere s'empare d'une 22 long rifle. Le producteur Humbert Balsan se pend dans ses bureaux face à l'église Saint-Eustache. Ça n'était plus du cinéma.

Les étrangers n'étaient pas en reste. Mishima s'ouvre le ventre selon le rituel consacré. Hemingway appuie son fusil de chasse contre son front. Le soleil ne se lèvera plus. Dans son hôtel catalan, George Sanders s'envoie un cocktail vodka-barbituriques et laisse cette note : « Je m'en vais parce que je m'ennuie. Je vous abandonne à vos soucis dans cette charmante fosse d'aisances. Bon courage. » La classe hollywoodienne.

Francis Scott Fitzgerald

Le village de Tarmes ne figure sur aucune carte Michelin. Cette lacune est regrettable. Il s'agit d'un endroit mythique. C'est là que se déroule en grande partie *Tendre est la nuit*. La région est reconnaissable. Cela s'écrit Côte d'Azur, mais cela se prononce Riviera. À l'époque, la Méditerranée n'est guère à la mode. L'été, on lui préfère la Normandie. Les Américains ont compris l'aubaine qui leur tendait les bras. Le taux de change leur est favorable. Les plages du coin sont désertes. Pourquoi se priver ?

Les responsables s'appellent Gerald et Sara Murphy. Ces riches expatriés donnent le la. En attendant que les travaux de leur villa *America* soient terminés, ils posent leurs valises à l'*Hôtel du Cap*, qui reste ouvert rien que pour eux. Le couple, sous les traits de Dick et Nicole Diver, inspirera les héros du roman, qui leur est dédié. Ils s'intéressent aux arts, parlent plusieurs langues. Sara, avec sa « coiffure de chow-chow », est une fille d'industriels. La famille de Gerald tire sa fortune du commerce de luxe. Ils ont débarqué en France dès 1921 avec leurs trois enfants. Ils reçoivent comme personne. Les Fitzgerald les rencontrent en 1924. Aussitôt, ils veulent ressembler aux Murphy. Le résultat sera au-delà de leurs espérances. La fête bat son plein. Le jet-lag est permanent. Pourquoi dormir ? Les excès sont la règle. Avec Scott et Zelda, on sera servi. Ils louent la villa *Marie* à Valescure. Scott est censé s'atteler au manuscrit de *Gatsby*. Il ne dessaoule pas. À la Garoupe, Zelda flirte dangereusement avec un aviateur français, épisode qu'on retrouvera avec de menues variantes dans les fictions signées par les deux époux, *Tendre est la nuit* et *Accordez-moi cette valse*.

L'été suivant, la maison des Murphy, chemin des Ondes, est prête. Les dépendances ont été aménagées en bungalows pour les invités. Le jardin en paliers a l'air d'avoir été conçu par un pépiniériste fou. Sara s'occupe du potager. Gerald peint dans son atelier. Évidemment, Fitzgerald répond présent à l'appel, avec son humour élégant : « Il n'y avait personne à Antibes cet été sauf moi, Zelda, les Valentino, les Murphy, Mistinguett, Rex Ingram, Dos Passos, Alice Terry, les McLeish, Charlie Brackett, Margaret Namara, Max et Crystal Eastman, Orlando, l'ancien président du Conseil, Étienne de Beaumont, bref exactement l'endroit où l'on peut vivre en sauvage et fuir le monde. »

Les soirées n'arrêtent pas. Scott se distingue. Il casse des verres, déclenche des bagarres, propose de couper un barman en deux à l'aide d'une scie musicale. Dans le roman, la demeure a été rebaptisée villa *Diana*. L'*Hôtel du Cap*, lui, s'est déguisé en *Hôtel Gausse*. Zelda n'est pas en reste, qui demande à son mari de plonger du haut de falaises abruptes ou se jette dans un escalier lorsque celui-ci sourit un peu trop aux avances d'une Isadora Duncan pas insensible à son charme.

Les journées se divisent en pique-niques, virées à bord du *Weather Bird*, la goélette des Murpny. L'insouciance donne des coups de soleil à tous ces Américains. Ils sont rouges de plaisir. Les Fitzgerald s'installent toujours dans les parages. Si le paradis a une adresse, c'est peut-être celle-ci. Ça sera la néonormande villa *Saint-Louis* (devenue depuis le délicieux *Hôtel Belles Rives*) à Juan-les-Pins (« Nous sommes merveilleusement situés, notre grande maison donne sur le bord de mer, avec une plage ; le casino ne se trouve même pas à cent mètres »), la villa *Fleur des Bois* à Cannes. En 1926, Scott confie à son éditeur Maxwell Perkins : « Je suis plus heureux que je n'ai été depuis des années. C'est un de ces moments étranges, précieux et combien fugitifs quand tout semble aller bien dans la vie. » Il en oublie qu'il déteste se baigner et baragouine à peine le français. Au moins, ici, la prohibition n'existe pas. La nouvelle *Vivre de rien* résume assez leur emploi du temps. Direction le Midi « chaud et parfumé ». Le but ? « Trouver un nouveau rythme de vie, laisser pour toujours derrière nous nos anciennes habitudes. » La magie les entoure. L'eau a « le bleu féerique des tableaux de Maxfield Parrish ; bleu de livre bleu, d'essence bleue, d'yeux bleus ». Ils s'achètent une Renault 6 chevaux (« âge des chevaux non précisé »), respirent l'odeur des eucalyptus, visitent les studios de la Victorine, à Nice, ne cessent de s'extasier sur les tarifs dérisoires des restaurants. Zelda a des angoisses.

Elle confond une lotion antimoustique avec un bain de bouche, ne sait pas quoi faire, comme Anna Karina dans *Pierrot le fou*. À la fin, il ne leur reste plus rien des 7 000 dollars qu'ils avaient en poche. Voilà, en creux, un portrait de « la Riviera qui a la réputation d'être le lieu le moins cher et le plus beau du monde ». La villa *Paquita* ne leur plaît pas. Ils la cèdent à Hemingway. Un dieu jaloux sifflera bientôt la fin de la partie. Scott apprend le krach de Wall Street durant un séjour à Saint-Raphaël. Mauvaise nouvelle : Patrick, le fils des Murphy, qui a 9 ans, attrape la tuberculose. On ferme la villa *America*. À la mort de Patrick, Gerald Murphy écrira à sa femme : « La coupe en or est brisée, certes, mais elle était d'or pur. » Il fallait bien qu'une touche de désastre vienne gâcher cette parenthèse enchantée. De toute façon, les nouveaux riches ont découvert ces rivages jadis secrets. Il était temps de déguerpir.

Quand même, ils en ont profité. La chose se vérifie dans *Tendre est la nuit*, qui peut se lire comme un manuel de savoir-vivre, un guide de voyage, une lettre d'amour, un cri d'adieu. La première phrase constitue un programme en soi : « À mi-chemin entre Marseille et la frontière italienne, on rencontre sur l'aimable rivage méditerranéen, un vaste hôtel de luxe aux murs teintés de rose. » Il faudrait pouvoir garder ces privilèges à l'abri. « L'idée, explique le héros, c'est que les stations du Nord, comme Deauville, ont été envahies par les Russes et les Anglais, qui ne craignent pas le froid, tandis que la moitié de nous autres Américains venons de climats tropicaux.

Et nous commençons à venir ici. » Pour décourager les importuns, Nicole suggère un moyen drastique : « Ne pouvons-nous pas faire courir le bruit qu'il y a le choléra ici ? » Quant au maître de maison, son projet est précis : « J'ai envie de donner une fête tout à fait vulgaire, une fête où il y aura des brailleries, séduction, gens retournant chez eux tout offusqués, dames s'isolant dans le cabinet de toilette… Vous verrez ça. » On voit, en effet : le livre est un chef-d'œuvre. On l'accompagnera par la version de Zelda. Dans *Accordez-moi cette valse*, elle décrit avec lyrisme comment « la Méditerranée bleu grec se léchait les babines sur les rives de notre civilisation fébrile ». Ce grand hôtel de Pétrone et des Îles d'or, cette litanie de villas, le *Lotus bleu*, les *Rossignols* avec son bassin aux poissons rouges, la fameuse petite Renault, cette folie qui flotte sur cette nouba permanente, Alabama qui demande à son mari : « Qu'allons-nous faire, David? Qu'allons-nous faire de nous-mêmes? » Ils boivent du Cinzano, chassent les moustiques avec de l'ammoniaque. Elle lit *Le Bal du comte d'Orgel* pour apprendre le français. « Une poignée de gens gaspillaient leur temps à être heureux. » Il n'y a pas de mal à ça. La morale, s'il en faut une, réside sans doute dans cet échange entre les deux personnages : « – Pourquoi avons-nous gâché les meilleures années de notre vie? – Afin qu'il ne nous reste pas de temps inemployé pour la suite. »

Ils ne sont jamais retournés là-bas. La Côte d'Azur a bien changé depuis. Il suffit de revoir la séquence de *La Main au collet* où Cary Grant et Grace Kelly sillonnent la corniche en décapotable pour s'en apercevoir. L'immobilier a fait des siennes. Côté étrangers, il n'y a plus que des oligarques et des émirs. Chemin des Ondes, la villa *America* a été reconstruite. Sur le portail, un panneau proclame « Chien méchant ». Ambiance. Heureusement, à l'*Hôtel Belles Rives*, on décerne chaque mois de juin le prix Fitzgerald. Le barman ne soupçonne pas la chance qu'il a : aucun client éméché ne risque de le découper en deux. Les traditions se perdent.

Il n'y a pas de hasard. La mondaine qui avait inspiré le personnage de Daisy Buchanan dans *Gatsby le Magnifique* s'appelait Ginevra King. Le prénom devait évoquer quelque chose à Scott Fitzgerald, grand amateur de breuvage à base de genièvre. Le gin était la boisson préférée de l'auteur, qui s'y connaissait en la matière. Son stylo ne contenait pas que de l'encre. L'alcool lubrifiait son inspiration, illuminait les contours de ses héros. Que serait un Fitzgerald sobre ? Il faudrait imaginer Proust sans asthme, Mauriac sans Dieu, Simenon sans Maigret.

L'écrivain avait une capacité d'absorption phénoménale. Certains prétendent qu'il ne tenait pas, que deux verres suffisaient à lui troubler le comportement. Zelda ne risquait pas de freiner sa consommation. Ensemble, dans des états plus ou moins avancés, ils plongèrent dans la fontaine du *Plaza*. En plus, Zelda était folle, ce qui n'arrangeait rien. Lui était fou d'elle. Il se ruina en factures de médecins, d'hôpitaux psychiatriques. « Personne n'aurait pu survivre à notre mode d'existence », affirmait Zelda. L'époque se prêtait aux excès. « Je suis le produit d'un esprit qui ne sait pas ce qu'il veut dans une génération inquiète. » Cette génération était aussi perdue. Les enfants du jazz étaient en même temps ceux du gin. Se saouler, même pour un écrivain, n'a pas que des avantages. Scott exagère, sème la pagaille dans les soirées de ses amis. « Quand je suis à jeun, je ne peux pas supporter le monde, quand j'ai bu, c'est le monde qui ne peut plus me supporter. » Comment résoudre cette équation impossible? En transformant les gueules de bois en chefs d'œuvre.

Gatsby, qui date de 1925, en est un bon exemple. Ça n'est pas pour rien que le mystérieux Gatsby passe pour un bootlegger. Il donne des fêtes mémorables dans sa maison de West Egg, mais ne boit pas une goutte. « On servait le champagne dans des verres plus vastes que des rince-bouche. » Il se rattrape quand il se rend au restaurant à New York. À peine assis, le voilà qui commande des high-balls (whisky plus tonic). La vérité oblige à préciser qu'il déjeune avec un certain Wolfsheim, douteux intrigant qui porte des molaires humaines en guise de boutons de manchette. Les autres protagonistes ne sont pas en reste. Chez les Buchanan, ces riches de naissance, la gouvernante ne tarde guère à apporter des cocktails. Tom se jette dessus. « Il avala son cocktail comme si celui-ci n'avait été qu'une goutte au fond du verre. » À table, on sert du Bordeaux rouge (« qui sentait le bouchon »). Il ne faut pas être trop exigeant : on est en pleine prohibition.

Dans leur appartement de Manhattan, la bouteille passe de main en main. Le chapitre 7 constitue un morceau d'anthologie. C'est le jour le plus chaud de l'été. « Prépare-nous une boisson bien froide ! » crie Daisy à son mari, la suave, la terrible Daisy qui a « une voix pleine d'argent » et dont Gatsby est amoureux. Quelques lignes plus loin, Tom revient, « précédant les gin-rickeys qui cliquetaient, pleins de glace ». « Nous bûmes par longues gorgées avides », ajoute le narrateur. Un peu d'histoire : le gin-rickey est ce cocktail créé en 1883 par le colonel Joe Rickey avec la complicité d'un barman à Washington. Composition : gin, citron pressé, eau gazeuse. Le résultat est garanti. Scott Fitzgerald était persuadé que le gin était indécelable dans l'haleine (on dit ça également de la vodka), ce qui reste à prouver. Pour lui, le gin allait avec tout. Cela ne l'empêchait pas de se trimbaler avec une flasque de whisky. À Paris, il sifflait des whisky-sodas à *La Closerie des Lilas*. À Mâcon, en compagnie de Hemingway, il boit au goulot, ce qu'il fait pour la première fois, du vin blanc « sec et très léger ». À l'*Algonquin* de la 59e Rue, la fréquentation de Dorothy Parker n'arrangeait sûrement pas son foie. La médaille avait son revers. « D'abord, vous buvez votre verre, puis c'est le verre qui vous boit, et enfin le verre vous emporte. »

Comme il est doux, pourtant, de se couler dans une légère ivresse au son de Cole Porter ou de Duke Ellington. Peut-être que pour Fitzgerald, le gin avait le don de faire revivre le passé. Cela n'a pas de prix. Dans le très fitzgeraldien *Un bonheur parfait* de James Salter, un couple conserve son gin au congélateur, comme un hommage. À la fin, au bout du rouleau, à moitié oublié à Hollywood, Scott se contentait de coca-cola. Il est permis de regretter la période où les rasades se succédaient, où trinquer aidait le sang à circuler, où la nuit faisait semblant d'être tendre. Comme l'écrivait Antoine Blondin, orfèvre de la chose, « à part ça, tout le reste n'est que litres et ratures ».

Grande distribution

Les récompenses littéraires de printemps réclament de grands hôtels, du champagne et du snobisme. C'est à cela qu'on reconnaît qu'on est en France.

Au *Meurice*, de vaillants jurés décernaient le prix tout nouveau qui porte le nom de l'établissement. Louis-Henri de La Rochefoucauld était ravi à la perspective de passer trois nuits dans une chambre donnant sur le jardin des Tuileries. Marc Lambron prenait des photos. Le Château-Figeac arrosait les conversations. Les votants se souvenaient avec émotion du 31 décembre 1989 où ils dirent ici adieu aux années 1980 en caractères d'imprimerie.

Changement de décor au *Belles Rives* de Juan-les-Pins. On y remettait le prix Fitzgerald à Gianfranco Calligarich pour *Le Dernier Été en ville*, qui était le meilleur roman de l'année même s'il date de 1973.

Sur la terrasse, l'Italien regardait le soleil se coucher sur la baie d'Antibes. Il ne parlait pas français, mais la gratitude se lisait dans ses yeux. Les yachts appartiennent désormais à des oligarques russes. Durant le dîner, un DJ à chapeau passait des vieux tubes de Ricchi e Poveri ou d'Adriano Celentano. Le lauréat confia que sa chanson préférée était *Aux Champs-Élysées* de Joe Dassin. Marie-Dominique Lelièvre parlait de Bertrand Burgalat et d'une nouvelle de Philippe Lançon. Entre les tables, Dominique Bona dansait comme Zelda.

On se serait cru dans un film de Dino Risi. Le soir tombait et la lumière était soudain signée Fellini. Les jurés prirent un bain de minuit avant de déguster un gin-tonic en peignoir sur le ponton. Là-haut, tout là-haut, la lune brillait, tel un diamant gros comme le *Belles Rives*.

Réveillon au *Meurice*

Ça, je m'en souviendrai. Au *Meurice*, par tirage au sort, Marc-Édouard Nabe avait raflé la suite de Dali (la 106-108, pour les curieux). Sa chambre était mieux que la mienne. Les années 80 finissaient mal. Comme si j'avais besoin de ça. Nabe dans la suite de Dali ! Quelle injustice. Moi qui connais Cadaquès par cœur, qui ai lancé des boulettes de pain aux cygnes de Port-Lligat, qui ai vu Salvador Dali dans sa Rolls – était-ce une Rolls ? –, tenant un jaguar – était-ce un jaguar ? – en laisse, qui ai visité de A jusqu'à Z son musée de Figueras. Dali avait une canne, une grosse marguerite au-dessus de l'oreille. C'était un peu triste. Avec le recul, je réalise que Gala avait un faux air d'Elena Ceaucescu.

En face, dans le jardin des Tuileries, il y avait une fête foraine. 89 s'achevait dans les flonflons, les odeurs de barbe à papa. Du haut de la grande roue, on dominait tout Paris. À minuit, un verre de champagne à la main, je grimperais dans une de leurs soucoupes et, à une trentaine de mètres d'altitude, je dirais enfin adieu aux années 80. Peut-être que, par la même occasion, je quitterais ma jeunesse pour de bon ; 33 ans, il était temps.

C'était dimanche. Le calendrier n'était pas avec les paresseux que nous étions. *Galignani* était fermé. Il y avait sûrement la queue chez *Angelina*. Partout, dans Paris, dans le pays, des couillons se préparaient à réveillonner. Pour ma part, j'aurais bien déjeuné au *Carré des Feuillants*, à côté. Ce restaurant n'avait qu'à être ouvert le week-end. Devant l'impressionnant menu-dégustation, j'aurais réfléchi à la décennie qui venait de s'écouler. L'attentif Monsieur Lousteau m'aurait recommandé le Sangre de Toro, dont l'étiquette avait le don de m'effrayer. Au café, après la crème brûlée – il en existe de meilleures à Paris –, j'aurais repris mes esprits. Les années 90 n'avaient plus qu'à bien se tenir. Quand même, en dix ans, j'avais fait d'énormes progrès. Le 31 décembre 1979, j'étais à Rosas (Espagne), chez des amis. Les gamins que nous étions alors. Nous avions bu du rioja, fumé des cigarillos qui nous avaient rendus malades, été dans un bar rustique qui n'existe plus (mais j'aimerais éviter le long récapitulatif des endroits qui n'existent plus). J'avais des béquilles ; les filles dont j'étais vaguement amoureux refusaient de coucher avec moi. Je n'avais publié aucun livre. Mesquinement, je me disais qu'un jour je me vengerais, qu'elles allaient voir, que bientôt je serais un immense écrivain et qu'elles seraient toutes à mes pieds. On a vu.

Nous étions à l'extrême pointe de l'année 1989. Ça faisait tout drôle. 79, c'est comme si c'était hier. Reprenons. Le dernier livre que j'avais lu dans les années 70 – j'ai vérifié – s'appelait *Histoire de John Cooper d'Albany*, de Maurice Sachs. Dans cet appartement n° 114-116 de l'hôtel *Meurice*, c'était *Une question d'éducation*, d'Anthony Powell. Que des vieilleries, quoi. Je vous jure que je ne l'avais pas fait exprès. Pareil pour le cinéma. Dernier film des années 70 – ça n'est pas une blague : *Yolanda*, de Vincente Minelli, à l'Action-Écoles. Que fabriquais-je donc dans cette salle du Quartier Latin? Encore une comédie musicale – j'étais très « culture-culture » – que j'étais allé voir tout seul. À l'époque, j'étais très souvent tout seul. Fred Astaire, royal, s'agitait sur l'écran – ces claquettes, le salaud. Lucile Bremer tâchait de l'accompagner et, dans le noir, recroquevillé dans mon fauteuil de velours rouge, je pensais à autre chose. Voilà bien les jeunes gens. Pourquoi est-ce que ça ne marchait pas avec les filles? Que les historiens ne s'impatientent pas : dernier film des années 80 : *Lady Eve* de Preston Sturges. Pour les exégètes : Action-Christine – la salle de la rue des Grands-Augustins – avec une demoiselle brune dont je tairai l'identité. En dix ans, il y avait eu une légère amélioration. À la sortie, cette indulgente spectatrice me soutint que j'avais quelque chose d'Henry Fonda.

Dans le fond, je n'avais pas détesté les années 80. Il y avait eu cet été où j'étais resté à Paris et où j'avais revu tous les Bergman en V.O. au Saint-André-des-Arts. Celui où Bernard Frank, qui habitait alors rue d'Alésia, m'avait fait découvrir les vertus du gin-pamplemousse, le cocktail qui fait semblant de ne pas saouler, et où une nuit j'avais abandonné une VW décapotable en panne d'essence rue de Rivoli, peut-être juste sous les balcons de la chambre que j'occupais en ce réveillon. Ceux où je m'étais mis à apprécier les îles de la Méditerranée. Nous étions sortis comme des malades. Les boîtes changeaient de noms sans arrêt. Le *Nashville* s'était transformé en *Rose-Bonbon*. À l'*Élysée-Matignon*, on devait montrer patte blanche. Les *Bains-Douches* étaient insubmersibles. Un beau jour, nous n'étions plus allés nulle part.

J'avais repensé à ce qui s'était passé, pendant tout ce temps. Il n'y avait pas eu que du malheur. La preuve :

– Meilleures pâtes ?

– Les fusilli aux courgettes de la trattoria *Miramare* à Ponza en 1989.

– Meilleur livre ?

– *La Cloche de détresse* de Sylvia Plath, en Imaginaire.

– Meilleure actrice ?

– Mimi Rodgers dans *Traquée*.

– Meilleur week-end ?

– En Irlande, chez Michel Déon, avec Denis Tillinac.

– Meilleur déjeuner ?

– Le baptême de Manon au *Bristol*, un samedi 11 octobre.

– Meilleure chanson ?

– « Sara » de Fleetwood Mac.

– Meilleur dîner ?

– Le *Raphaël*, en décembre, avec Olivier Guichard, Christian Lacroix et Thierry Ardisson.

Pardon, j'avais voulu oublier le reste. La mort de François Truffaut, par exemple. Celle de Paul Gégauff, poignardé une nuit de Noël par sa jeune épouse. Celle de Truman Capote. Ce matin dans le Lot, où ma mère m'avait annoncé au téléphone que ma tante, c'était fini. En aucun cas, je ne voudrais non plus revivre ce mois de septembre où, chaque soir, je me rendais dans un café de la rue de Ponthieu pour programmer à l'infini « Beds are burning » sur le juke-box-vidéo en commandant des Kronenbourg 1664 à la pression. Depuis, je hais Midnight Oil. Dans ces moments-là, je me sentais comme Napoléon à Sainte-Hélène qui soupirait : « Nous aurions besoin d'un peu de bonheur. »

Je m'étais aperçu que je n'avais plus tout à fait 20 ans. J'étais arrivé à l'âge où l'on félicite ses amis pour la naissance de leur deuxième enfant. Et si, contrairement à eux, je n'avais rien fait de bien ? Mes années 80 se résumaient à une série de regrets. J'avais perdu beaucoup de choses : un ami (accident de voiture), une femme (divorce), des illusions (journalisme). On appelle ça grandir. Bizarrement, on croit qu'on ne s'en remettra jamais. Très vite, les habitudes reprennent le dessus. On se prenait pour une victime, pour un martyr. Bon. Les heures passaient. Puis on s'emparait à nouveau du combiné. Le gros chagrin s'évanouissait. Comme c'était facile de composer sur le cadran à touches tous ces vieux numéros qu'on retrouvait dans les pages jaunies de son agenda. *That's the law of the West.*

Cet hiver-là, les Parisiennes portaient des sacs à dos en forme d'ours en peluche. Je n'avais plus de voiture, une femme – une héroïne à la Drieu La Rochelle : cette belle Juive de *Gilles* dont le frère a été tué à la guerre –

venait de me quitter, mon éditeur avait supprimé mes mensualités : tout allait bien. Patti Smith avait sorti un 33 tours. À *La Cigale*, les Gipsy Kings chantaient « Bamboleo ». Barbara avait investi le *Châtelet*. Pour la première fois – et sans doute la dernière –, je m'étais rendu à une manifestation. C'était un mardi, au métro Saint-Paul, pour Jean-Paul Kauffmann, j'étais arrivé en retard et le cortège s'était déjà dispersé. Je m'étais souvenu qu'un jour, j'avais déjeuné à côté de Jean-Paul chez *Taillevent*, que nous étions aussi réjouis l'un que l'autre et qu'il m'avait dit que les éditeurs avaient tort de me demander d'écrire des romans.

Quand je songeais à ces années parties en fumée, je revoyais égoïstement une Golf noire immatriculée 519 FMN 75, les toilettes du haut à l'*Olympia* lors d'un concert de Lou Reed, le numéro 42 56 10 71 – raccrochez, c'est une erreur – les innombrables gâteaux au chocolat dans les films du surestimé Nanni Moretti, les coups de fil dans les nouvelles de J.D. Salinger. Je repensais aussi à de Gaulle, comme toujours, à la tête qu'il aurait eue le 10 mai 81. Chez *Bofinger*, Jean-François Kahn jouait les maîtres d'hôtel. Dans un coin, au premier étage, Louis Aragon ne comprenait pas quel était l'événement qui excitait tant les invités. Dehors, il pleuvait des cordes. Au buffet, rien à espérer d'autre que de la terrine et du gros rouge. Ce dimanche, je fus définitivement certain que ce socialisme n'était pas pour moi. Il y avait longtemps que je me faisais une certaine idée des Français. Durant l'Occupation, ils avaient rasé les murs.

À la Libération, ils tondaient les femmes. Comment respecter ce peuple de garçons-coiffeurs ?

Plus tard, malgré tout, il faudra bénir cette période, poser un cierge quelque part. Nous aurons vécu ça. On s'en souviendra, de cette décennie. C'est là que j'avais commencé à avoir un vrai salaire, c'est-à-dire de l'argent de poche rien que pour moi, des billets de banque à convertir directement en bouteilles de champagne. Dans *Le Quotidien de Paris,* au début, on écrivait n'importe quoi et c'était épatant. Martin Veyron dessinait à droite et à gauche des personnages qui nous ressemblaient, avec leur mèche rebelle, qui s'interrogeaient sur le point G et qui louaient en juin des villas à la Garde-Freinet. À Venise, on commandait des couteaux au *Corte Sconta*, le restaurant où Hugo Pratt n'allait jamais en dépit de la publicité. On allait au festival de Cannes, on déjeunait sur la Plage sportive. À l'aube, quand le *Parsifal* de Syberberg s'achevait, les vagues étaient grises et paresseuses. Combien étions-nous à nous en souvenir ? On téléphonait à nos rédactions en PCV. On n'avait pas de notes de frais. C'était bien ; l'avenir nous tutoyait. Il n'aurait pas fallu nous bousculer beaucoup pour nous faire dire que c'étaient les plus belles années de notre vie. (Miss Barbra Streisand est priée de ranger ses vocalises : nous ne sommes pas Robert Redford.)

Allons, je vous connais. Vous vous dites : neuf vieux cons étaient en train de ressasser dans un palace du premier arrondissement. Il y a de ça. Ces neuf-là vous valaient bien, si on réfléchit. D'ailleurs, ils allaient continuer à vous emmerder un bon bout de temps. Qu'y pouvions-nous ? Nous étions rarement d'accord entre nous, mais nous nous entendions sur l'essentiel : la littérature. Voilà de bien gros mots pour parler de camaraderie. Que faire ? Nous avions tout essayé, seuls nos livres avaient réussi à nous réunir. Pourtant, Besson n'était pas parvenu à me faire voter communiste. Ardisson me cassait les oreilles avec son monarchisme, je lui répondais de Gaulle. Nabe, lui, pouvait s'agiter dans tous les sens, j'étais pour, à l'aveuglette (un rendez-vous avec lui chez *Modeste* avait suffi à me brouiller avec la moitié de Paris, et particulièrement avec une éphémère rédactrice en chef dont on se demandait si elle était davantage une demi-mondaine ou une mondaine et demie – qu'il en soit remercié). Grâce à Berthet, j'avais fourré mon nez dans les endroits les plus invraisemblables de New York, du temps qu'il était attaché culturel là-bas. Je m'étais fréquemment engueulé avec Gravier – nous nous étions aperçus ensemble qu'il s'agissait de broutilles. On a beau se démener, on en revient toujours là, à ces stupides histoires d'amitié.

C'était une affaire de famille. Le terme de génération ne convenait pas. Sinon, Nourissier aurait lui aussi été cloîtré dans une de ces chambres. Frank aurait eu droit à un canapé-lit dans le somptueux appartement 114-116. Déon, Laurent, auraient été ici chez eux. Jean d'Ormesson se serait glissé à notre table.

Ça, on en aura profité. Tout de suite, certains s'étaient emballés. Cette journée allait appartenir à la légende. On n'en était pas là. Ils ne se rendaient pas compte. Les années 80 étaient encore trop fraîches pour engendrer de la nostalgie. Il n'y avait que moi pour trouver émouvant le dernier clip des Rolling Stones, celui où Mick Jagger renversait la tête en arrière – « You're not the only one... » – à la façon d'un chien qui hurle à la mort, pour regretter que *La Ciboulette*, en face de Beaubourg, se soit transformée en fast-food, pour prétendre, par la faute de Truffaut et de sa *Nuit américaine*, que les femmes étaient magiques. Les femmes ! C'est fou ce que nous avions pu penser à elles ! Elles étaient tout. Elles ne nous avaient pas fait souffrir. Pour un peu, nous leur aurions attribué une âme ; pendant qu'on y était.

Elles n'étaient pas comme ça. Dans les livres, les femmes se débrouillaient pour avoir la vedette. Nous rêvions tous d'imiter Scott Fitzgerald, de jeter notre dévolu sur une *flapper* et de ne plus en bouger. Gros nigauds que nous étions. Zelda le trompa allègrement avec des aviateurs, lui donna des complexes, lui empoisonna l'existence avec des cliniques en Suisse.

Alors, je préférais me souvenir des plaisirs que j'avais eus depuis 1980. *Les maris, les femmes, les amants :* cette feignasse de Pascal Thomas s'était remise à tourner. Les coupes que j'avais vidées au *Lenox* avec Besson lorsqu'il a eu le grand prix de l'Académie pour *Dara.* (Le dîner du Seuil, pardon, mais ça n'était pas un chef-d'œuvre du genre.) Les cris que poussait Ève à Madagascar quand des lémuriens lui sautèrent dessus. La manière dont le toit s'ouvrait à intervalles réguliers chez *Lasserre.* Cette rencontre un hiver avec Paul Bowles à Tanger et où, avec

Jean-François Coulomb, nous avions failli nous faire casser la gueule par des Marocains. Ce mariage près de Toulouse où j'étais le témoin du marié et où mon costume de velours me grattait. Les deux rez-de-chaussée de la rue du Cirque. Cette nuit dans la suite 903 du *Bristol* (je m'étais rappelé que dans *Mort à Venise,* au *Grand Hôtel des Bains*, Dirk Bogarde avait le numéro 308 et que Truffaut avait une prédilection pour les chambres 813). La cuite à l'ouzo dans un hangar à bateau aménagé en discothèque – ce con de Sting braillait : « Every breath you take ». Le dîner au *Terminus Nord* pour les 50 ans de mon père auquel je n'avais pas pu assister à cause du congrès de Valence.

À part ça, je me souvenais que la gauche avait vénéré l'argent d'une façon absolument dégoûtante. Clint Eastwood avait cessé d'être un fasciste. Les renégats s'étaient vautrés sur le pouvoir. La droite était toujours aussi nulle (en 79, on disait lamentable). Nous étions en 90. Maintenant, il allait nous falloir vieillir. On y arrive très bien, paraît-il.

Des bulles

Sur les trottoirs, il y a des cafés et des librairies. On boit des kirs et des demis ; on feuillette des albums de bande dessinée. *Les Bulles de Paris*, le nom est sûrement un hommage à *Pilote* ou à *Tintin*. Grave erreur. Le lieu est dédié au champagne. Il y en a partout.

Les chambres sont à thème : Charles Heidsieck, Nicolas Feuillatte, Lanson, Castellane. Les plus littéraires exigeront d'avoir la suite Amélie (Nothomb, évidemment). La décoration est à l'avenant. Sur les murs, sur la moquette, des motifs évoquent des bulles pétillantes. Idem dans la salle de bains dont le carrelage est orné de ronds.

Tous les jeudis, se tient une dégustation de flacons. Un bar spécialisé trône au fond du hall, à droite. Les tabourets sont en forme de bouchons géants.

Ce dimanche-là, il n'y avait personne et le brave employé de la réception dut rallumer les lumières. Visiblement, son job n'était pas d'apporter deux coupes. Il s'y livra vaillamment.

Dans la suite 503, vous ouvrez la porte pour tomber en face d'une citation de Mme Jacques Bollinger parue dans le *London Daily Mail* le 17 octobre 1961. « Je bois quand je suis heureuse et quand je suis triste. Il m'arrive de boire quand je suis seule. »

Sur le lit, l'oreiller se pare d'une autre formule : « Ça m'émoustille et je pétille. » On ne sait pas qui est l'auteur, mais cela donne des idées.

Par la fenêtre, on aperçoit Notre-Dame. Il y a une douche à l'italienne et une baignoire. Elle est à bulles, cela va de soi.

Antoine Blondin

Il fallait s'y attendre. Avec son sens du dialogue, il n'est pas étonnant que Blondin ait tâté du cinéma. Son ami Nimier collaborait avec Louis Malle. Lui fut plus éparpillé. On retrouve son nom sur quelques génériques. À la rubrique scénarios, il figure souvent aux côtés de celui de Roland Laudenbach, son éditeur de La Table Ronde. Ensemble, ils travaillèrent longtemps sur un projet intitulé *Ma femme m'attend*, qui n'aboutira pas. Ils sont crédités au générique de *La Route Napoléon* (1953). Le romancier s'unit avec Paul Guimard pour écrire *À nous deux Paris!* (1966). Il avait adapté pour Jean Delannoy une nouvelle de William Irish, *Obsession* (1954).

Dans ses tiroirs, reposait un script sur le rugby, co-signé avec le journaliste Denis Lalanne. Avec Yves Boisset, Blondin s'attaque à un polar de Giorgio Scerbanenco. Cela donne *Cran d'arrêt* (1970), dans un Milan rempli de minijupes orange et d'Alfa Romeo décapotables, avec tueur pervers et héritier décadent. Le décor se compose de bouteilles de J&B. Une scène censée se passer en Italie a été tournée au bar du Pont-Royal. Cette coproduction européenne reste pour la relation trouble entre Bruno

Cremer, médecin désabusé, et Renaud Verley, adolescent à la dérive. La critique n'est pas tendre : « Le dialogue d'Antoine Blondin est d'une platitude assez exemplaire. » (*Les Lettres françaises*).

En 1970, le voici à l'affiche du *Dernier saut* où Édouard Luntz met en scène un ancien parachutiste et un policier et qui représentera la France au Festival de Cannes. Luntz réalisera l'année suivante *L'Humeur vagabonde*, aventure à laquelle Blondin ne participa pas. Il convient ici de rendre hommage à Henri Verneuil pour avoir jeté son dévolu sur *Un singe en hiver* (1964). L'aide de Michel Audiard, à qui *Certificats d'études* est dédié, fut visiblement précieuse. Le duo Gabin-Belmondo fonctionne à merveille.

Le noir et blanc convient à cet éloge de l'éthylisme plein de grâce et de mélancolie, bourré à craquer de phrases qui font mouche (« Où sont les grenades, que je les dégoupille ? »). Dans une odeur de Picon-bière, un divorcé croise le chemin d'un repenti ayant cessé de boire. Le jeune homme rêve de l'Espagne, l'aîné regrette le Yang Tsé Kiang. Ces « princes de la cuite » se sont trouvés, dans un Tigreville fictif et automnal. Cette ode à l'amitié est devenue un classique, à l'instar des *Tontons flingueurs*. Bébel a besoin de sa ration d'imprévu, danse le flamenco au cabaret local, torée les voitures sur la route en se servant de sa veste comme d'une cape. Gabin suce des bonbons, connaît les horaires de tous les trains (même les correspondances) et finit par dire à son épouse, la douce, la délicieuse Suzanne Flon :

« Tu m'emmerdes, affectueusement, avec amour, mais tu m'emmerdes. » « T'es mes 20 ans ! », s'exclame le second en embrassant le premier.

Le film donne envie d'allumer des feux d'artifice sur une plage la nuit, de trinquer à la gloire de fusiliers marins d'Extrême-Orient. Ensemble, les deux héros entreront dans un long hiver. En une formule heureuse, Blondin avouera que, pour une fois, c'est le livre qui a trahi le film.

Dernière mention pour *Monsieur Jadis*, présenté à la télévision en 1975 par Michel Polac. Claude Rich traîne son désenchantement dans un Saint-Germain-des-Prés peuplé de silhouettes débonnaires et avinées, parcourt un Paris aux trottoirs plantés de parcmètres, gâche le Noël de ses enfants, loge à l'*Hôtel du Quai Voltaire* ou chez sa mère, qui joue du piano et récite des poèmes. Dans sa chambre, il y a une machine à écrire et un exemplaire de *L'Équipe* froissé. Les taxis sont ses résidences secondaires.

Polac restitue assez bien cette poésie nonchalante, l'esprit de l'auteur qu'on aperçoit au début sur les marches d'un bistrot, avec son haut de survêtement Adidas, comme un clin d'œil, comme un adieu.

72, année héroïque

Le Parrain a fêté ses 50 ans. Cela s'arrose. La première eut lieu à New York le 15 mars 1972. Il neigeait, ce soir-là. Kissinger faisait partie des invités. Coppola, s'attendant à un désastre, avait pris un avion pour Paris. La suite est connue.

Il faut dire que la concurrence était rude, l'année en question. Les chefs-d'œuvre pleuvaient. La liste des sorties serait trop longue. Elle donne le tournis. Les grands films se bousculaient au portillon. Un dieu bienveillant s'était penché sur le 7e art.

Sur les affiches se succédaient *Délivrance, Cabaret, Jeremiah Johnson.* Les salles programmaient *Aguirre, L'Affaire Mattei, Cris et chuchotements.* Brando s'illustrait aussi dans *Le Dernier Tango à Paris.* Visconti présentait *Ludwig.* Mankiewicz ne savait pas qu'avec *Le Limier,* il signait son dernier film. *Frenzy* de Hitchcock surprenait. *Fellini Roma* laissait bouche bée. Steve McQueen séduisait Ali MacGraw dans *Guet-apens.*

La France n'était pas en reste. La Romy Schneider de *César et Rosalie* hésitait entre Montand et Sami Frey. Jean Yanne s'imposait grâce à *Tout le monde il est beau, tout le monde il est gentil.* Rohmer continuait ses *Contes moraux* avec *L'Amour l'après-midi.* Pialat hissait la scène de ménage au rang des beaux-arts dans *Nous ne vieillirons pas ensemble.*

On arrête là. Risque-t-on, en décembre prochain, d'aligner autant de pierres blanches ? On ne parierait pas là-dessus. Que s'est-il passé ? Oui, qu'est-il arrivé au cinéma ?

Le Parrain

Les limousines s'alignaient devant le Loew's State Theater. Le producteur Robert Evans paradait au bras d'Ali MacGraw, ignorant que son épouse le trompait avec Steve McQueen, son partenaire dans *Guet-apens*. Marlon Brando, qui avait eu droit aux couvertures de *Life* et de *Newsweek*, n'était pas venu. À sa place, il avait envoyé un Indien en tenue traditionnelle. Lorsque les lumières se rallumèrent, Henry Kissinger chuchota à son voisin : « Bob, si vous pouvez vous asseoir et regarder un gangster qui a tué des centaines de personnes et que, quand il meurt, le public est en larmes, c'est que vous avez fait un chef-d'œuvre. » Une fête fut donnée après la projection à l'hôtel *St. Regis*. L'orchestre, évidemment, jouait en boucle la fameuse valse de Nino Rota.

Quelle histoire! Les personnages en sont un jeune réalisateur qui vient d'enchaîner trois bides d'affilée, un ancien du textile, un ancien journaliste et un ancien vendeur de chaussures. Voici donc, par ordre d'apparition, Francis Ford Coppola à la caméra et, dans le rôle des producteurs Robert Evans, Peter Bart et Albert Ruddy. Ces quatre-là sont derrière la fabrication du *Parrain*, un des films les plus mythiques de tous les temps. Pourtant, ils reviennent de loin. Au départ, le projet – adapter le roman de Mario Puzo sur la mafia – n'intéressait pas Coppola. Trop commercial : il ne parlait que d'intégrité artistique, lui qui était au bord de la faillite. Le livre, sorti le 10 mars 1969, avait été un phénomène. Après vingt-six semaines sur la liste des best-sellers, il était devenu numéro un, et ce jusqu'au 8 février 1970 où il fut détrôné par *La Maîtresse du lieutenant français*. Le *Times* avait été clair : « Ce que Roth a fait pour la masturbation, Puzo l'a fait pour le meurtre. » À la Paramount, Bob Evans tord le nez. « Les films de mafieux siciliens ne marchent pas. » Il faut dire que l'échec des *Frères siciliens* avec Kirk Douglas a été cuisant. Ça n'est pas le moment de s'offrir un flop supplémentaire. Lucide, Evans confiait plus tard : « Il y avait huit grands studios à l'époque et Paramount était le neuvième. »

L'éruptif Charlie Bludhorn, dont la multinationale Gulf and Western, possède Paramount, n'y va pas par quatre chemins : « On a besoin d'un miracle, pas d'un film. » Pour le moment, Evans peut bomber le torse : c'est lui qui est responsable de *Love Story*. On ne la lui fait pas. Ce flamboyant habite *Woodland*, la maison qui avait appartenu à Greta Garbo. Dans le salon, un feu brûle en permanence. Il y a trente-deux téléphones. Le propriétaire passe ses journées le combiné à l'oreille. Avec Coppola, c'est bien simple : ils ne sont d'accord sur rien. Le studio envisage de déplacer l'action dans la période contemporaine. Pas question pour le metteur en scène. Il exige Marlon Brando en Vito Corleone. Oubliez, lui dit-on. L'acteur porte la poisse au box-office ; ses caprices sont légendaires. Circulent alors les noms les plus invraisemblables, il est question de Robert Redford. Des rumeurs évoquent Anthony Quinn, Rod Steiger, Ernest Borgnine. Sinatra, malgré le passage sur le crooner Johnny Fontane qui lui ressemble un peu trop, se met sur les rangs.

Orson Welles téléphone à Puzo. Bludhorn cite Charles Bronson. Evans va jusqu'à proposer Carlo Ponti, le mari de Sophia Loren. Al Ruddy tape sur la table : « La star, c'est le livre, pas les acteurs. » Coppola s'arrache les cheveux. Sa femme est enceinte. Il ignore qu'ont été sollicités Arthur Penn, Richard Brooks, Otto Preminger, Peter Yates. Warren Beatty a dit non. Assez de films de gangsters, après *Bonnie and Clyde*. Sidney J. Furie et Sam Peckinpah tentent des approches. Pour le rôle de Michael, le fils qui succédera à son père, la chanson ne varie guère. Le choix de Coppola est fixé sur Al Pacino. Les pontes préféreraient Ryan O'Neal. Pourquoi pas Martin Sheen ou Dean Stockwell ? Dustin Hoffmann ne serait pas contre. Evans, qui surnomme Pacino « le petit nain », a une idée derrière la tête : Alain Delon. Commentaire de Coppola : « Je me suis rendu compte à ce moment-là que Bob Evans voulait un gars qui lui ressemble et que je voulais un gars qui me ressemble. » Puzo est catégorique. Pour lui, c'est Pacino. Ouf. Coppola reste droit dans ses bottes. Il s'attend à être viré d'une minute à l'autre. Il a des angoisses, des insomnies. Quand les choses se passent mal, il simule une crise d'épilepsie dans les bureaux de la Paramount.

Pour la musique, ils suggèrent Henry Mancini. Il oppose Nino Rota. « Il faut que ce soit ethnique jusqu'à l'os. Vous devez sentir les spaghetti », clame Evans. « L'odeur de l'ail doit sortir de l'écran », ordonne Coppola. Au moins, il y a un terrain d'entente. Avec son Olivetti jaune, Coppola s'attelle au script aux côtés de Mario Puzo. Ce dernier étant un joueur invétéré, l'astuce consista à l'emmener travailler à Reno, dans un hôtel avec casino. Résumé de la situation par l'écrivain : « J'ai perdu des milliers de dollars au rez-de-chaussée, mais gagné des millions en haut. »

Brando est obligé de se prêter à un bout d'essai. La suite est connue. Il noircit ses cheveux au cirage, bourre ses joues de kleenex et grommelle son texte. Banco ! « Je veux ressembler à un bulldog. » Pour le convaincre d'accepter le rôle, sa secrétaire lui avait fait croire que Laurence Olivier allait décrocher la timbale. En refermant le scénario, le comédien avait lâché : « C'est un rôle délicieux. » Les problèmes ne s'arrêtent pas là. La Ligue des droits civiques des Italo-Américains accuse le scénario de fournir une mauvaise image de la communauté. Le redoutable Joe Colombo est à la manœuvre. Al Ruddy tente de l'adoucir. Des menaces de grève planent sur le tournage. Des coups de fil nocturnes se multiplient. La promesse est faite que le mot « mafia » ne figurera pas dans les dialogues. Il n'apparaissait qu'une fois. Ça n'est pas tout. Il s'agirait aussi d'embaucher des figurants aux noms en O ou en A. Ils se glisseront dans la foule assistant au mariage du début. La plupart rigoleront lorsque les accessoiristes leur montreront comment tenir une arme à feu.

Alors Brando peut tomber sous les balles de ses agresseurs dans une rue de Little Italy, James Caan être mitraillé au péage de l'autoroute, Al Pacino tirer sur deux ennemis dans un restaurant vide. Le film regorge de scènes d'anthologie, le producteur se réveillant dans ses draps ensanglantés par la tête d'un cheval, les requêtes des visiteurs auprès de Corleone plongé dans la pénombre (« I believe in America »), Pacino expliquant la puissance de son père par cette formule sibylline : « Il lui a fait une offre qu'il ne pouvait pas refuser. » Tout cela appartient désormais à notre imaginaire.

« J'ai toujours voulu utiliser la mafia comme une métaphore de l'Amérique », assure Coppola. C'est un opéra. Il a rapporté en six mois davantage qu'*Autant en emporte le vent* en trente-six ans. Frank Capra, David Lean félicitent leur cadet. Coppola n'est pourtant pas très chaud pour attaquer une suite. Fureur de Charles Bludhorn : « Francis, vous avez trouvé la recette du Coca-Cola et vous ne voulez pas manufacturer d'autres bouteilles de Coke ! » La ligue italienne organisa sa propre avant-première. Le projectionniste fut sous le choc. Il n'avait encore jamais touché mille dollars de pourboire. La mafia ficha une paix royale à Coppola pendant les *Parrain 2* et *3*. Le film relança la carrière de Brando, permit à son réalisateur d'investir ses gains dans *Apocalypse*

Now, cette folie en technicolor. Aujourd'hui, il produit du vin et possède des hôtels de luxe. Ses copains Lucas et Spielberg ont transformé le cinéma en parc à thème. « We have magic here ! », s'exclamait Evans devant le résultat. Tu l'as dit, Bob !

Parcours fléché

Sur l'autoroute A11, un panneau indique « Illiers, le Combray de Proust ». Cette vision a quelque chose de rassurant. La France cajole ses écrivains. La tentation n'est pas mince d'actionner son clignotant, direction la maison de la tante Léonie. La pâtisserie locale propose sûrement des madeleines. Au volant, monsieur se tourne vers sa passagère : « Tu as pu lire *À la recherche du temps perdu*, toi ? ». Haussement d'épaules.

Il existe tout un patrimoine caché. On ne le sait pas assez. Rue Vavin, se dresse l'immeuble en céramique où se termine *Le Dernier Tango à Paris*. Sur la façade, aucune plaque ne signale l'événement. La municipalité a intérêt à réparer cet oubli. Elle va avoir du boulot.

Comment rappeler aux touristes que le Belmondo d'*À bout de souffle* s'effondrait en haut de la rue Campagne-Première, deux balles dans le dos ? Il s'agirait aussi de préciser que le passage Choiseul constitue le cadre de *Mort à crédit* de Céline.

Rue Delambre, petite halte émue devant l'ancien *Dingo Bar*, devenu l'*Auberge de Venise*, dans les toilettes duquel un Fitzgerald inquiet de sa virilité, à cause d'une perfidie signée Zelda, montra ses parties intimes à Hemingway.

Quai Anatole-France, il y avait à un dernier étage cette grande fenêtre en ogive que le propriétaire laissait allumée toute la nuit. On la voyait dans *Rive droite, rive gauche*, de Labro, et Geneviève Dormann l'évoquait dans un de ses romans. Quant à nous, nous nous assiérons au *Flore*, à cette table en terrasse où le Maurice Ronet du *Feu follet* se remet à boire.

Philippe Labro

Les périodes intenses produisent rarement des chefs-d'œuvre. Au cinéma, Mai 68 n'a pas engendré grand-chose. Dans *Les Amants réguliers,* Philippe Garrel se contentait de filmer interminablement des gaz lacrymogènes. *Innocents,* de Bertolucci, eut pour seul mérite de révéler Eva Green. Dans *Milou en mai,* on voyait des habitants du Gers se battre pour des tomates en provenance d'Espagne, ce qui relevait du ridicule le plus absolu. Était-il question des événements dans *Les Déclassés,* le pavé de Jean-François Bizot qui se terminait par l'enterrement de Pierre Overney ?

La guerre d'Algérie aurait dû être un sujet. À l'écran, les tentatives furent timides. Il faut noter *R.A.S.* de Boisset, qui tient le coup. Ne pas oublier *La Dénonciation,* rareté avec Maurice Ronet. *Le Petit Soldat,* de Godard, montrait un membre de l'OAS torturé par ses adversaires. La palme revient à *L'Insoumis,* d'Alain Cavalier, où un Delon solaire, radieux, habité, kidnappe une avocate du FLN. Ce déserteur a une profession de foi : « La France et moi, on a divorcé. » Qu'est-ce qu'il dirait aujourd'hui ! À part Philippe Labro et ses *Feux mal éteints,* peu d'écrivains s'y sont frottés.

À ce moment-là, on parlait des événements. Il ne s'agissait pas du Quartier latin en 68, mais de l'Algérie. Le narrateur, dont on ne saura pas le nom, débarque là-bas vers la fin du conflit. Il a déjà des souvenirs à la pelle. Voilà sans doute pourquoi cela commence par un chapitre éblouissant où il balaye sa jeunesse parisienne d'une rafale de phrases, avec des listes en cascade (des marques, des prénoms, des titres de films) et le portrait d'une de ces filles qui résument toute une période et qui disparaissent, comme ça, qui sont remplacées par d'autres, plus jeunes, plus blondes.

Ce début claque comme un drapeau, ou des talons : « Avez-vous connu Zizou ? » Sur place, ce « spécialiste de la nostalgie » travaille au journal *Djebel*. Les appelés s'amusent ; les appelés s'ennuient. Ils ont peur, aussi. Il y a des détonations, ces traces de sang sur le trottoir de la rue Michelet que personne ne venait jamais effacer. L'argot leur tient lieu de mot de passe. Les troufions – oui, c'est ce qu'on disait – se donnent des surnoms. La rigolade leur sert de manteau.

« À l'époque, la vie d'un homme ne valait pas trente-cinq francs. » Cela lit *Midi-Olympique* et Dashiell Hammett, drague les hôtesses de l'air. Les familles des demoiselles chics sont plus ou moins OAS. On fait avec. Leurs villas sont si accueillantes. Les nuits se passent à énumérer les actrices hollywoodiennes. « De quoi se composait le petit déjeuner de Carroll Baker dans *Baby Doll* ? » Dans les salles locales, le cinéma étranger était « en véheffe ». Il fallait s'en accommoder.

François avait de drôles de fréquentations. Il le paierait cher. Nicolas devrait se méfier. Qui est cet homme à moustache qui s'assied à côté d'eux au café ? Les supérieurs ne sont pas toujours des lumières. Les brimades appartiennent au quotidien. Entre eux, tous les soldats s'appellent Max. Philippe Labro brosse le portrait d'une génération, entre yé-yé et FLN. Ce grand écart leur a laissé une fêlure. Leur mémoire est encombrée de cris affolés dans la nuit, de baignades sur les plages des environs, un curieux mélange de Club Med et de colonialisme, sur fond de whisky et d'attentats.

Les mois s'écoulent. Ils ne se ressemblent pas. Un parfum de désastre flotte dans l'air. Soudain, le texte passe à la troisième personne, comme si ces épisodes avaient changé définitivement le jeune homme. 730 jours sous les drapeaux : ça n'est pas rien. Ils ont juré qu'ils se reverraient dans la métropole. Ils évoqueraient, allez, cette amie qu'ils avaient baptisée Tweedy Bird à cause d'une chanson et dont le vrai prénom était Danielle. Elle buvait des Schweppes au bar de l'*hôtel Saint-Georges*.

Il aurait pu leur arriver quelque chose de magique. Mais non, vous savez ce que c'est. Hélas, vous ne savez pas. Vous n'étiez pas là, dans cette maison qui dominait la rade, vous ne dormiez pas sur ces lits de camp. Vous n'avez pas grillé les feux rouges parce qu'une Aronde vous suivait d'un peu trop près.

Labro a un don terrible pour décrire l'attente, ces heures qu'on supporte en citant Hemingway, ce soleil qui grille à midi, ces traces de sel que la mer dessine sur la peau. Le jazz berce les longues insomnies. Sur le sable, le héros déclame des poèmes. C'est un naïf. Les filles veulent autre chose. Un monde bascule. L'aéroport est bientôt pris d'assaut. Les vestes se retournent. Le mieux est encore de replonger dans ce séjour aux États-Unis où on avait traversé le pays en auto-stop, soigné des arbres malades dans une forêt du Colorado.

On voit que Labro était généreux avec son lecteur, qu'il brûlait ses cartouches (plus tard, ses livres reviendront sur ces pans de sa biographie). *Des feux mal éteints* réussissait à rendre le grain d'une saison, ces semaines inoubliables qui vous ont transformé presque sans que vous vous en aperceviez. Parfois, les paragraphes ont l'air d'être traduits de l'anglais, avec ces onomatopées, ces litanies de références, ces buissons sur les collines qui « ressemblaient aux buissons des plaines du Texas : on dirait des toisons de chiens morts ».

Vers la fin, Labro énumère les expressions à la mode en ce temps-là, « chouette », « bath », « marrant », « gé-ni-al ». C'était cela, une jeunesse, ces morts et ces vivants, ces braves gars, ces salauds et ces pauvres types – et ces silhouettes féminines comme s'il en pleuvait. Dites, elle prenait quoi, au petit déjeuner, Baby Doll ? Tout-ce-qu'on-ai-me.

Riviera sans retour

À Cannes, la plupart des films durent deux heures et demie. Les réalisateurs n'ont pas eu le temps de faire court. Quand on y pense, le cinéma est un art bien ingrat. Un festival lui rend hommage et les longs-métrages tournés sur la Croisette se comptent sur les doigts d'une main.

Bien sûr, dans *La Bonne Année*, Ventura dévalisait une bijouterie locale. Dans *Mélodie en sous-sol*, les billets du hold-up finissaient dans la piscine du *Palm Beach*. Les amateurs de *La Cité de la peur* danseront la Carioca sur la scène du Palais. Certes, le *Carlton* abritait les exploits du Cary Grant de *La Main au collet*, mais à moins de filer sur Wikipédia, on se creuse la tête pour trouver d'autres titres. Est-ce à cause des studios de la Victorine ?

Sur ce plan, Nice nargue sa voisine. Dans son tee-shirt jaune, *Brice de Nice* attend toujours la vague miraculeuse sur la plage de la Réserve. Grâce à René Clément, la Rolls des *Félins* roule éternellement sur la promenade des Anglais pendant que Jeanne Moreau peroxydée à mort dans *La Baie des Anges*, se ruine au casino. Lautner installait Mireille Darc dans la vieille ville pour *Il était une fois un flic*. Le même planta à nouveau sa caméra dans les parages pour *Joyeuses Pâques*.

La palme revient cependant à Philippe Labro qui par deux fois y situa ses intrigues. Le Montand du *Hasard et la Violence* y cassait des crayons dans sa chambre du *Negresco* et dans *Sans mobile apparent*, Trintignant courait sur le port comme un dératé. C'était sa période sprinteur. L'Azur a la cote.

Festival de Cannes

L'avion atterrissait à Nice. La valise était pleine à craquer. Un taxi prenait l'autoroute jusqu'à la ville voisine. La Méditerranée avait déjà des airs de vacances. La météo jouait des tours : on était seulement début mai. Pendant deux semaines, Cannes devenait le centre du monde, rivalisant ainsi avec la gare de Perpignan selon Dali (Roger Nimier, lui, avait jeté son dévolu sur la place Pereire). Un immense paquebot était ancré au large. Des armées de limousines défilaient devant les palaces, comme des horse-guards à la parade. Il y avait des projections partout. Les critiques scrutaient le programme à la loupe. Il ne s'agissait pas de rater la compétition officielle, la séance du matin (tôt, si tôt) à l'auditorium Lumière, celle du soir à Debussy. Les lumières s'éteignaient.

Le Carnaval des animaux de Saint-Saëns retentissait. La sélection française déclenchait des bâillements. C'était la règle. Édouard Baer animait la cérémonie d'ouverture avec l'élégance d'un Fred Astaire qui aurait lu Alexandre Vialatte. Les membres du jury étaient en smoking. On voyait que certains portaient cette tenue pour la première fois de leur vie, ce qui était touchant. Le palmarès serait une catastrophe, comme d'habitude. Le délégué général, Thierry Frémaux, toujours fébrile, bondissait sur la scène, annonçait la suite des événements.

On courait à droite et à gauche. Personne n'avait le temps de se baigner et nul ne songeait à s'en plaindre. On plongeait dans le celluloïd. Sur l'écran se succédaient les meilleurs films de l'année. Dans les chambres d'hôtel, les vêtements et les journaux s'entassaient. Les pronostics allaient bon train. Les cernes se creusaient sous les yeux. Les fêtes étaient moins nombreuses qu'avant. Les anciens se souvenaient de la villa *Gaumont*, dans l'arrière-pays, citaient les mots de Toscan du Plantier, le petit déjeuner qu'il avait organisé sur la Plage sportive après la projection de *Parsifal* qui avait commencé à minuit passé. Il fallait dire du mal du festival. Ce sport était amusant. La mauvaise foi régnait. On avait encore raté un chef-d'œuvre montré à la sauvette rue d'Antibes. Il était impératif de réserver une table chez *Da Laura*, un des seuls restaurants fréquentables.

Cannes, on ne le répétera jamais assez, a de la chance de ne pas se trouver sur la côte normande. La face du festival en aurait été considérablement changée. Les acteurs ont besoin de cette mer écrasée de soleil. En sortant de l'ancien palais, ils étaient face à la Méditerranée, comme à la fin du *Mépris*. Ils avaient le droit de se prendre pour des dieux. Ils ne s'en privaient pas. Ils appartenaient à un Olympe en tuxedo. Le noir et blanc leur allait bien. Sur la Croisette, des gendarmes à l'accent du Midi réglaient la circulation. Des bolides décapotables vrombissaient devant les 5 étoiles. Le soir, autour des marches, les crépitements des flashs produisaient des lueurs de feu d'artifice. Des élégantes sirotaient des drinks dans les fauteuils en osier du *Blue Bar*, juste à côté. La cinéphilie n'interdisait pas les bains de mer. Les plages étaient peuplées de barmen et de starlettes. Ces dernières se reconnaissaient à leurs poses provocantes et à leurs seins nus. Les passants étaient bouleversés par ces quelques centimètres carrés de peau bronzée. Cela se bousculait sur le ponton du *Carlton*. De naïves demoiselles en bikini s'imaginaient qu'affolés par leurs courbes accueillantes, des nababs californiens allaient les engager dans leur prochain film en Technicolor. Au petit matin, de cruelles déceptions froissaient les visages. On apercevait les pauvres victimes marchant au bord de l'eau, leurs escarpins à la main. Adieu, Hollywood. Elles remettaient leurs chaussures, et pour se consoler s'offraient un croissant tout chaud sans se douter qu'elles imitaient Audrey Hepburn dans *Breakfast at Tiffany's*.

Cannes est un feuilleton dont les épisodes se répètent chaque année. Le public ne s'en lasse pas. Sur les trottoirs, des badauds patientent derrière des barrières métalliques. Le jeu consiste à reconnaître les vedettes qui arrivent dans un brouhaha assez caractéristique. On se souvient de la célèbre photo de Cocteau portant en triomphe le tout jeune Jean-Pierre Léaud après la projection des *Quatre Cents Coups*. Brigitte Bardot débarquait et c'était carrément l'émeute.

Nul ne songeait alors au plan Vigipirate. Les paparazzis étaient les seuls terroristes. Autre cliché célèbre :

un Robert Mitchum impérial enfermant dans ses mains la poitrine d'une inconnue. C'était le bon temps. Les Américains disaient « Riviera ». Le fantôme de Scott Fitzgerald hantait les parages. François Chalais interrogeait la terre entière avec sa voix si reconnaissable. Jane Fonda lui répondait avec une malice aguicheuse. Jayne Mansfield poussait son célèbre cri perçant.

Dans leur chambre d'hôtel, Roberto Rossellini remontait la fermeture Éclair dans le dos d'Ingrid Bergman. Étrange gymnastique. Cary Grant accompagnait Kim Novak. Ils avaient tous les deux tourné avec Hitchcock, mais pas dans les mêmes films. La comédienne prétendit plus tard que trois photographes s'étaient cachés sous son lit.

En ce temps-là, on peut voir Jacques Tati marcher sous l'affiche de *Mon oncle*. Il tient un parapluie. Il n'a pas poussé la malice jusqu'à enfiler l'imperméable de son personnage. Cela aurait constitué une sorte d'hommage aux boîtes de Vache qui rit. Carlo Ponti se montre aux côtés de Sophia Loren en chapeau cloche. Le couple a quelque chose de romanesque, de princier. On les imagine dans des villas cernées de grands arbres, allongés au bord de la piscine à l'*Eden-Roc*. Peut-être qu'au fond, ils avaient des envies toutes simples, qu'ils rêvaient d'un plat de spaghettis dans l'arrière-pays. Avec les Italiens, on ne sait jamais, hein. C'est tout juste si l'on n'a pas l'impression d'entendre en fond sonore des noctambules crier « Marcello ! » comme dans *La Dolce Vita* qui obtint une palme d'or.

Ici, le cinéma n'est jamais loin. La mémoire a des sous-titres. Un Kirk Douglas au sourire ravageur se rend à la soirée de gala avec une Jeanne Moreau resplendissante. À sa gauche, voici Per Spook. Qu'est devenu ce couturier scandinave dont les dames prononçaient le nom avec émotion dans les années 80 ?

Tiens, Catherine Deneuve, toujours très classe, avec sa fille Chiara. Gérard Lanvin a mis une veste blanche pour assister à la première d'*Une semaine de vacances*. Nathalie Baye montre ses épaules. On devine qu'elle rougit. Bertrand Tavernier n'a pas de cravate. Nicole Garcia et Alain Resnais considèrent l'objectif d'un œil amusé.

Dans son éternelle veste de tweed, Jean-Luc Godard tire sur son cigare. En 1985, il ne soupçonne pas que Louis Garrel tiendra plus tard son rôle dans *Le Redoutable*. Drôle de mise en abyme, diraient les esprits sérieux. Il ne faut pas trop l'être sur cette portion de littoral où Grace Jones foule le tapis rouge (dans quoi jouait-elle ? Un James Bond, non ?), et où une Emmanuelle Béart menue comme tout se blottit à l'arrière d'une voiture. Ironie de reconnaître Carla Bruni et Vincent Perez. À l'époque, il était plus célèbre qu'elle.

L'équipe de *Pulp Fiction* se serre les coudes. Bruce Willis a les poings dans les poches. Uma Thurman en robe longue fait très princesse de Walt Disney. Ils ignorent pour l'instant que la récompense suprême leur tombera bientôt dessus. Ce soir-là, leurs concurrents verseront des larmes. Cannes est un assez bel endroit pour perdre ses illusions.

Le dernier jour, Cannes est une plage après un débarquement. Des camions sont garés en épi. Avec des mines d'anciens combattants, des ouvriers démontent des échafaudages. Le vent pousse des papiers sales. La paix est revenue. Bizarrement, tout le monde est un peu triste. Il va falloir vivre trois cent cinquante-quatre jours sans festival.

Écran de fumée

Il est mort un dimanche, comme Truffaut, mais il préférait Godard. Raphaël Sorin était un éditeur cultivé. La chose est rare, dans le milieu.

Au fil des ans, il avait publié, souvent avec son compère Gérard Guégan, Alexandre Astruc et Jean-François Bizot, deux Jean-Pierre (Enard et Martinet), Houellebecq et Pacadis. C'est lui qui avait récupéré Bukowski ivre mort sur le plateau d'Apostrophes en 1978.

Étaient-ce des Boyard ou des Gitanes maïs ? Il avait tout le temps la clope au bec. Elle pendait nonchalamment de sa lèvre supérieure. Pompidou avait la même manie (la comparaison n'aurait sans doute pas enchanté Sorin).

Il n'y a plus que dans les films que la nicotine a droit de cité. La palme revenait à Claude Sautet. Dans *Vincent, François, Paul et les autres,* Montand allumait sa cigarette côté filtre. Dans *Les Choses de la vie,* au cours de l'accident, on voit les mégots voltiger dans l'habitacle de l'Alfa Romeo conduite par Piccoli. Lauren Bacall n'apparaissait que dans un nuage de tabac. L'imagine-t-on en train de vapoter ? Bogart cultivait ce vice sans vergogne.

Et que serait le Clint Eastwood du *Bon, la Brute et le Truand* sans son cigarillo ? Quant à la Mrs. Robinson du *Lauréat,* elle a toujours son paquet à la main.

Quand on pense qu'à une époque il était possible de fumer dans les cinémas. À ces mots, les jeunes générations ouvrent de grands yeux ronds. Inutile de les accabler en précisant que le pop-corn n'existait pas.

Françoise Sagan

C'est tout elle. Elle est là, intacte, dans des lettres jetées à la va-vite, expédiées des quatre coins du monde à son amie Véronique Campion. Ensemble, elles avaient raté l'oral du bac 1951. Cela crée des liens. Françoise Sagan bombarde sa camarade de petits mots, de cartes postales, de télégrammes. Il y a ce papier à en-tête du 167, boulevard Malesherbes (téléphone : Carnot 03 59), ces poulets envoyés depuis l'hôtel *Pierre* de New York ou du *Sands* de Las Vegas. Elle, c'est Plick. Véronique, c'est Plock. Elle l'appelle aussi « mon petit vieux », « chère Verinoc », « Mon cher Toto ». Parfois, les phrases, manuscrites ou tapées à la machine, sont remplies de fautes d'orthographe. On y repère ses expressions favorites, « au poil », « zinzin ». Elle s'achète une Jaguar, rencontre Marlon Brando, s'amuse à Jérusalem, lit *Bergère légère* de Félicien Marceau, fait du ski nautique.

Françoise Quoirez vient de publier *Bonjour tristesse*. Gloire suit. Elle est devenue Sagan, tout court. Elle dessine des croquis, trouve que Rousseau est un « faux jeton », se plaint de sa copine Annabel (« Annabel est charmante avec trois personnes et deux bouteilles »). Elle se moque d'elle-même, se lance parfois dans un mélange approximatif d'anglais et de français.

On croise Tennessee Williams et Carson McCullers. Voici Hossegor, le Mexique, Key West, les Canaries. Une halte à Cajarc s'impose. « Il fait beau ou il pleut à toute vitesse. » L'humour éclate à chaque page. « Admire-moi de te répondre. » On ne se refait pas. La poste fut donc une bien belle chose. Cette correspondance prouve que Sagan fut le contraire d'une femme de lettres.

La légende qu'elle traînait après elle. Elle lui allait bien. Elle la portait comme une voilette. C'était la meilleure tactique. Le « charmant petit monstre », selon Mauriac, évoquait les nuits blanches, les tapis verts et les idées noires, les accidents de voiture et Saint-Tropez, le whisky et autres substances. Elle écrivait ses livres comme on sprinte. Cela lui donnait un côté Fitzgerald. On l'accusait de bâcler. Et alors? Le soupçon était balayé d'un haussement d'épaules. Elle n'oubliait pas qu'elle était venue à bout de son premier roman en six semaines, à coups d'encre Waterman et de Johnnie Walker. Qui, à part elle, avait eu droit à l'extrême-onction dans un champ de Normandie où son Aston Martin s'était retournée? L'événement lui inspira ce simple commentaire : « Avoir entrevu la mort lui enlève beaucoup de son prestige. »

Elle empruntait ses titres à Éluard, son pseudonyme à Proust. Sartre la surnommait « l'espiègle Lili ». Mitterrand lui tapa sur les doigts quand elle voulut jouer les Mata Hari dans l'affaire Elf. On lui reprochait son univers snob et cossu ? Elle publia *Le Chien couchant*, qui se déroule dans les corons du Nord. Oui, mais *La Femme fardée* décrit une croisière de luxe. Ouf.

Grâce à elle, des générations entières ont rêvé de foncer en décapotable sur la Nationale 7, de posséder un cheval qui remporterait une course à Auteuil, de s'exiler un temps en Irlande ou de passer des week-ends dans le manoir d'Équemauville. On la voit appuyer pieds nus sur l'accélérateur, caresser son scottish-terrier, dicter la nuit des pages et des pages, dire « foutraque », avoir une insolation à Roland-Garros, présider le jury du Festival de Cannes.

Si elle se relit, la complaisance n'est pas son genre. *Bonjour tristesse* ? « Instinctif et roué. » *Le Garde du cœur* ? « Distrayant. » À part cela, elle regrettait d'avoir signé *Les Merveilleux Nuages*.

L'argent lui claquait entre les doigts. Le sérieux la barbait, ce qui ne l'empêcha pas de participer au Manifeste des 121. De Mai 68, elle se souvenait surtout de la Maserati qu'elle conduisait pour se rendre à l'Odéon occupé.

Elle aurait pu être notre Marianne. Son buste aurait trôné dans toutes les mairies. Ou dans les casinos. La vie était pour elle « un opéra-comique déjà joué dont on connaît la fin ». Sa devise était littéraire : « On ne sait jamais ce que le passé nous réserve. » Son enfance n'en finissait pas. Elle resta jusqu'au bout cette élève du cours Hattemer, cette demoiselle timide capable de commencer *Bonjour tristesse* par ce coup de cymbale : « Sur ce sentiment inconnu dont l'ennui, la douceur m'obsèdent, j'hésite à apposer le nom, le beau nom grave de tristesse. »

Il faut s'y faire : le Carnot 03 59 ne répond plus. Adieu, Cécile. Bonjour, Sagan. Salut, Véronique. Vous aurez toutes les trois toujours 16 ans.

Paris truffe

C'étaient les dernières. Guy Savoy avait concocté dans sa cuisine un menu à base de truffes. Elles venaient de chez Pebeyre, dans le Lot. On ne se moquait pas du monde.

En bout de table présidait Valérie Solvit, au style assez klaxonneur. Cette dame, qui n'a pas froid à ses yeux qu'elle a bleus, avait réuni autour d'elle une assemblée à grosse majorité masculine. Il y avait des écrivains, des journalistes, une romancière qui venait de prendre un agent et même un académicien pas encore reçu sous la Coupole qu'on apercevait par la fenêtre.

La *melanosporum* transformait le mini-hamburger en bombinette de saveurs. La soupe d'artichauts ne se plaignait pas d'être accompagnée d'une brioche au beurre truffé. Le veau Wellington était de compétition et le pinot gris d'Alsace ne gâchait rien.

François Cérésa parlait de son mensuel *Service Littéraire*. François Berléand était à l'eau : il jouait le soir. Il évoqua un tournage où il lui fallut glisser les doigts à l'intérieur d'une tête de veau. Il fut question de comédiens avares ou brutaux (le cumul n'étant pas interdit), d'éditeurs jadis généreux, du prix d'un habit vert. Le chef raconta ses débuts, rappela que les truffes chinoises rebondissent comme des balles de tennis.

Personne n'osa citer *La Grande Bouffe*. C'était un mardi à Paris. À la sortie, devant l'hôtel de la Monnaie, la Seine avait l'air de s'être arrêtée.

Richard Burton

Ça déménage. Quel couple! On n'imagine pas aujourd'hui. Liz Taylor et Richard Burton avaient sans cesse droit à la une des magazines du monde entier. Ils soulevaient un petit doigt et la presse internationale était en émoi. Il lui offrait des diamants. Elle le traitait de tous les noms. Les insultes volaient dans des suites de palaces. Toute sa vie, Richard Burton (1925-1984), qui était loin d'être un idiot, a tenu son journal intime.

Le matin, gueule de bois ou pas, Burton tape sur sa machine. Dans la chambre à côté, Liz dort encore. Au fil des pages, on découvre un homme qui ne songe qu'à la littérature. Burton est un lecteur compulsif. Où qu'il soit, il se précipite dans les librairies, achète des tonnes de volumes. Le voici plongé dans les poèmes d'Auden, *Ma chienne Tulip*, *Gibbon*. C'est du costaud. Son goût pour les biographies ne se dément pas (Dylan Thomas, de Gaulle, Hemingway). Il a un faible pour les polars de John D. MacDonald, est moins emballé par Japrisot. Liz ne semble pas partager le même hobby. Il est sidéré lorsqu'il la voit ouvrir un roman d'Iris

Murdoch. Entre eux, les disputes sont fréquentes. Elles font circuler le sang, ravivent les sentiments.

La première phrase, le 1er janvier 1965, donne le ton : « Lendemain de soûlographie. » Les brumes de l'alcool n'empêchent pas l'auteur d'avoir un œil acéré. Il éprouve un mépris constant pour le cinéma, n'en revient pas de toucher un million de dollars par film. Son comptable l'informe que Liz et lui génèrent l'activité économique d'un petit État africain ». Les dépenses sont somptuaires. Ce fils de mineur sait que, même s'il arrête de travailler, sa famille sera à l'abri du besoin.

Taylor est le pivot de son existence. Son amour pour elle saute aux yeux. « J'aimerais la connaître assez pour lui dire combien la vie est excitante avec elle. » Parfois, elle ajoute ses commentaires au récit de son compagnon. Il l'affuble de divers surnoms, Gamine, Brut, Cantank, Booby, Sheba. Ils tournent *Qui a peur de Virginia Woolf?*, *Le Chevalier des sables*. Evelyn Waugh est l'écrivain auquel il voudrait ressembler. L'humour parsème ces notes. « Je ne mens jamais quand j'écris. Honnêtement. Bien que je ne sois pas sûr de ça! » Elle lui fait cadeau d'une Toronado Oldsmobile pour son anniversaire. Une autre fois ça sera un manteau de vison. Leur célébrité les encombre. Rien ne l'étonne. Une admiratrice lui demande de signer un autographe sur son derrière. Il y en a une qui l'appelle « Monsieur Taylor ». « Je me sens aussi gêné de voir un personnage public que d'en être un. »

Il reçoit des scénarios. « Mon Dieu, ce qu'on peut lire comme âneries ! » Les menus sont examinés à la loupe, la consommation de breuvages déclinée avec une rigueur scientifique. Évidemment, certains souvenirs sont un peu flous. « Plus tard je suis devenu très saoul et j'ai beaucoup hurlé. Je ne sais plus à quel propos. » Il consigne les variations de son poids, n'hésite pas à parler des hémorroïdes de Liz, fume cinquante cigarettes par jour. Il devine qu'il ne fera pas de vieux os. Les mondanités sont monnaie courante. Dîner chez les Windsor (« Deux minuscules figurines comme Toto et Nanette qu'on pose sur la cheminée. Ébréchées sur les bords »). Ne pas oublier le mariage de Jackie et Onassis. Les Rothschild ont leurs faveurs. Acheter le jet dans lequel ils ont voyagé la veille n'est pas au-dessus de ses moyens. Un yacht avec, aux murs, un Monet, un Picasso, un Van Gogh ? Pas de problème. Liz a envie d'une bague Cartier à 110 000 dollars, c'est chose faite. (« J'ai réussi à obtenir ce satané caillou. ») Un diamant Krupp de 33,19 carats ? Il s'agit d'une bagatelle. Avec ça, une tête bien sûr les épaules, un appétit de savoir, une grande curiosité. On lui propose d'enseigner à Oxford. Expliquera-t-il aux étudiants qu'on ne peut jouer *Hamlet* qu'ivre mort ? Pronostic : « Je mourrai de boisson et de maquillage. »

Ces gens-là ne mènent pas une existence commune. Le cuisinier qu'ils ont renvoyé kidnappe leur chien. Un éditeur fait miroiter à Burton un million de dollars rien que pour publier un mois de son journal. Un journaliste l'interroge. « Ne peut-il pas comprendre ce qu'il y a d'indigne et d'ennuyeux à devoir apprendre le texte d'un autre homme, qui neuf fois sur dix est insipide, quand on a 43 ans, qu'on est tout de même assez cultivé, et qu'on se traîne chaque jour au boulot en jetant en arrière un long regard de regret vers le livre auquel on s'intéresse et qu'on est obligé d'abandonner ? » Ce faux paresseux s'inquiète. Et si Liz partait avant lui ? « Je crois que je me transformerais en pneu de bus et que je passerais l'éternité à rouler sur des pieds innocents. » Il rencontre Tito qu'il doit incarner à l'écran. Il sera aussi Trotski pour Joseph Losey.

Le projet sur Mussolini tombe à l'eau. Cela faisait beaucoup d'hommes politiques. Burton se rabattra sur Barbe-Bleue, ce qui est plus reposant. Ses formules font mouche. Voici Brando et son « dynamisme léthargique ». John Huston ? « Un simplet. Mais il se prend pour un génie. » La nouvelle épouse de Rex Harrison est « laide de débauche ». Sa partenaire Geneviève Bujold n'est pas épargnée. « Vulgaire, nulle et ambitieuse. Trois qualités que je déteste. » Il essaie d'apprendre l'espagnol, se fiche de ses prestations dans *Le Cinquième Commando*, envisage de se lancer dans un *Don Quichotte*. En 1970, il est nommé aux Oscars. « Enfin bon, j'ai encore perdu, et suis maintenant l'acteur qui a le plus de nominations à l'Oscar sans jamais en avoir gagné un. » La statuette ira à John Wayne. « Il est arrivé plus tard, lui aussi complètement saoul, mais très affable dans son genre grossier. » On croise Sinatra, que Bogart humilie au cours d'une soirée. Grosse tristesse de Liz à la mort de Montgomery

Clift. Burton bâille à *MASH*, trouve Redford « d'une banalité décevante » dans *Butch Cassidy*, feuillette distraitement une biographie qui lui est consacrée (« Le seul effet de ce livre sur moi, c'est de me décider quelque peu à écrire ma propre histoire un de ces jours »).

Le Gallois qui a toujours eu honte d'être acteur lit *Les Fleurs du mal* à Rome, attaque *À la recherche du temps perdu*, goûte au beaujolais nouveau (« Bien que ce vin semble inoffensif, il ne l'est pas. Je suis dans un état épouvantable ce matin »). Le bal Proust à Ferrières en 1971 constitue un morceau de bravoure. On se croirait dans *La Party* de Blake Edwards, version gratin. Il neige sur le parc. Guy de Rothschild a une fausse moustache. Grace de Monaco est très en forme. Liz éclipse toutes les dames présentes. Le dîner commence en retard. En face de lui, il y a un type bizarre. « Il ressemblait à un cadavre quand il ne bougeait pas et à un essai raté de chirurgie esthétique quand il bougeait, ce qui arrivait assez rarement. » Tel était Andy Warhol. Dans la nuit, un jeune homme courait après Burton : François-Marie Banier promet de lui déposer son deuxième roman au *Ritz* le lendemain. On ne reverra plus jamais ça. Tout s'achève là, à l'aube.

Un comédien fourbu et génial, en smoking froissé et nœud papillon défait, observe le jour se lever. Il soupire, se redresse et retourne dans sa chambre rédiger quelques lignes sur ce qui venait de se passer. « Ce journal n'était écrit que pour moi. » Heureusement, ça n'était pas vrai.

Second rayon

L'automne fait son travail : il est roux. La saison a ses caprices. Il tombe des cordes. Le soleil brille. On ne sait plus.

Les dames s'arrêtent, perplexes, devant leur penderie. Comment s'habiller ? Il est peut-être trop tôt pour sortir ce manteau acheté aux derniers soldes d'hiver. Leurs maris hésitent à enfiler, en hommage, le blouson en cuir de Belmondo. Ils auraient l'air de quoi ?

Cela ne les empêchera pas de râler parce que *Docteur Popaul* est introuvable. Il s'agit pourtant d'un nanar de premier ordre, avec Bébel en médecin érotomane, Mia Farrow binoclarde et Laura Antonelli telle qu'en elle-même. Le plus gros succès de Chabrol, quand même, scénario et dialogues signés Paul Gégauff.

D'autres trésors se cachent, n'existent pas (plus) en DVD. Où se procurer *L'Affaire Mattei* qui avait pourtant eu la palme d'or en 1972 ? Comment mettre la main sur *L'Étranger* de Visconti avec Mastroianni en Meursault ? C'est une honte qu'*Electra Glide in Blue,* réponse inspirée à *Easy Rider,* ait disparu des radars. Que dire de *La Villégiature* où l'on voit que l'horrible Mussolini déportait les intellectuels à... Lipari ?

Les esthètes cherchent partout *Hallelujah les collines* dont la distribution comprend le futur photographe Peter Beard. Les amateurs de deux-roues pleurent l'enterrement de *Continental Circus,* formidable documentaire sur les courses de motos. Les vrais puristes réclameront la résurrection de *Na!,* signé Jacques Martin. Pirates, ne pas s'abstenir.

La Maman et la Putain

Jean Eustache : ces syllabes fonctionnent comme un mot de passe. Il était l'ami de Jean-Jacques Schuhl. Il fréquentait *La Coupole*, engloutissait des litres de Jack Daniel's, filmait un portrait de sa grand-mère qu'il adorait ou des paysans tuant le cochon en Ardèche. Son cinéma tenait de la tauromachie. Il était en marge de la Nouvelle Vague, avec son accent méridional. Cet adepte du système D récupérait des chutes de pellicule de *Masculin féminin* de Godard. Cet écorché vif voulait revenir à Lumière. Dans *Le Père Noël a les yeux bleus*, Jean-Pierre Léaud circulait déguisé en Santa Claus dans les rues de Narbonne pour gagner l'argent qui lui permettrait de s'offrir un duffle-coat. Des Vitelloni de l'Aude draguaient les filles, chipaient des livres pour les revendre et rêvaient d'aller au bordel.

Le succès (relatif) survint avec *La Maman et la Putain*. Ce (très) long-métrage fit scandale en 1973 au Festival de Cannes où il représentait la France aux côtés de *La Grande Bouffe*. Sifflets et huées garantis sur les marches du Palais. Cet éloge de l'oisiveté fit date.

Eustache ne s'en remit jamais vraiment. « C'est peut-être le seul film que je haïsse, car il me renvoie trop à moi-même. »

C'était quelque chose. Il faut se souvenir. Cette longue chronique d'un jeune homme pauvre arriva à bas bruit sur les écrans. Dans un superbe noir et blanc, velouté et granuleux, on y parlait de tampon hygiénique. Le verbe qui revenait le plus souvent était « baiser ». Il était prononcé comme on crache. Les contemporains crurent qu'il s'agissait d'une apologie de la libération sexuelle. Les post-soixante-huitards avaient des œillères. Ils ne voulaient pas voir que cette romance signait au contraire la fin des illusions.

Un désenchantement sans pareil flottait sur les rues de Saint-Germain-des-Prés. Jean-Pierre Léaud, avec ses foulards autour du cou, avait loupé quelque chose avec une certaine Gilberte qui allait se marier. Il vivait chez Marie, qui en avait de la patience avec lui, et couchait avec une infirmière volage. On se balançait des horreurs à la figure tout en pratiquant le vouvoiement. « Vieux con, vous savez que je vous aime. » Alexandre, éternel oisif, passait ses après-midi au *Flore* comme s'il se rendait au bureau. Le cinéma hantait les conversations. *Paulina 1880* était à l'affiche du *Drugstore*. Les immeubles n'avaient pas de digicodes. On dormait sur des matelas posés à même le sol. Les journées étaient faites de rencontres de hasard, de coups de téléphone, de blagues de potache (« Je suis en vert et contre tout »).

C'est fou ce que ces gens étaient bavards. Cela n'arrêtait pas. Lire *Le Monde* semblait être le suprême effort. Il n'était pas interdit de feuilleter *À la recherche du temps perdu*. Personne n'avait d'argent, mais il arrivait de dîner au *Train Bleu*, gare de Lyon. Ce ménage à trois fonctionnait à la façon des montagnes russes. La jalousie faisait semblant de ne pas exister. Cela se terminait par des gifles. Bernadette Lafont en avait assez. Françoise Lebrun traînait son spleen dans la nuit, se perdait dans un monologue alcoolisé, ne buvait du whisky qu'avec du coca. Léaud sifflait du Jack Daniel's au goulot. Il n'avait pas de quoi payer un taxi. Parfois, quelqu'un lui prêtait une 4L. À l'époque, ces errances de terrasse en terrasse avaient un charme étudiant, snob et paresseux.

Aujourd'hui, c'est la tristesse qui saute au visage. Pourquoi écouter religieusement ces chansons de Piaf, de Fréhel, de Damia, ces disques qui grattent, en battant la mesure d'une main maladroite ? Alexandre, Marie et Veronika refusaient de devenir adultes, s'imaginaient inventer un nouveau monde, des relations inédites. Entre le vol d'un fauteuil roulant et une tirade sur les SS, une génération fonçait dans le mur. C'était comme un désastre au ralenti, avec ses fondus au noir. Le film est unique, provocant, inimitable, toujours aussi insolent. On y respire une odeur de cendres. « Ma seule dignité est ma lâcheté », avoue le personnage. Cela ne pouvait pas durer, cette vie-là. D'ailleurs, cela ne dura pas. À la fin, Eustache regardait en boucle les vieux films qu'il avait enregistrés en VHS. Sur sa porte, ce mot était épinglé : « Frappez fort. Comme pour réveiller un mort. » Il ne s'agissait pas d'une posture. En 1981, Jean Eustache se tira une balle dans le cœur. La bohème ne fait pas de vieux os.

Train de vie

Les trains de nuit reprennent du service. Ô joie. Pourquoi les avait-on supprimés ? Une idée d'énarque, sans doute, qui en ont toujours de saugrenues. On va pouvoir à nouveau voyager en pyjama, refaire la fermeture du wagon-restaurant. Larmes en prévision devant ce menu pour lequel l'indulgence s'impose, ces serveurs en veste blanche, ces mignonnettes qui tintinnabulent dans leur panier. Quel bonheur de rejoindre sa couchette. Qui aura celle du haut ?

Des souvenirs de cinéma nous assailliront. *Compartiment tueurs* est peut-être à éviter. Les nostalgiques préféreront évoquer Romy Schneider et Jean-Louis Trintignant fuyant les Allemands dans un wagon de marchandises. Dans le Nord-Express, se méfier des inconnus avec lesquels on discute. Pendant ce temps, une vieille dame disparaît. Ce cher Hitchcock. Et ces trois frères qui se chamaillaient dans le *Darjeeling Limited* de Wes Anderson.

Jadis, la caméra n'hésitait pas à s'envoler pour montrer le panache de fumée qui suivait la locomotive. Dans ces convois, des amours se nouaient, des crimes étaient commis. Des allers et retours coupables se déroulaient dans le couloir. Le contrôleur promettait de garder le secret. À l'arrivée, c'était la plage ou la montagne. Question de saison.

Il ne faut pas rêver. Avec un peu de chance, il y aura la grève. Alors il sera temps de revoir tous ces films. Terminus.

Venise

C'est un décor à ciel ouvert. Là-bas, quand on dit « Moteur », on ne sait pas si le mot est prononcé par un marin aux commandes de son Riva ou par un réalisateur derrière sa caméra. Venise offre son architecture et ses canaux au cinéma.

Losey a montré la ville en noir et blanc et en hiver. Dans *Eva,* Jeanne Moreau traite Stanley Baker de *« pauvre tarte ».* Le terrifiant *Ne vous retournez pas* met en scène un couple essayant de noyer son chagrin dans ces ruelles où s'enfuit une silhouette rouge qui leur rappelle leur fille noyée.

Sur la plage du *Lido*, le Dirk Bogarde de *Mort à Venise* admirait un très jeune éphèbe blond. Mahler se chargeait de la B.O. Évidemment, Fellini avait tourné son *Casanova* dans les studios de Cinecittà. Assez de cinéphilie. Les bons vivants n'ont pas oublié que Belmondo survolait l'endroit, suspendu en caleçon à un hélicoptère. Chacun ses références.

Dans les librairies, le seul livre français est celui de Houellebecq. Le *Corte Sconta* ne servait pas ses fameux crabes mous : la saison ne s'y prêtait pas. Dans le jardin de son palais, Peggy Guggenheim repose toujours aux côtés de ses chiens. Sur les quais, des vendeurs à la sauvette proposent des produits de contrefaçon. Des tags défigurent pas mal d'endroits. L'art moderne se réfugie où il peut. Des passants masqués honorent la tradition du carnaval. Les enfants lancent des confettis sur les touristes. Devant le pont des Soupirs, un sexagénaire à l'accent toulousain fait ce constat : « Ça renifle. »

Venise soupire. Les énormes paquebots ne remontent plus le canal de la Giudecca. C'est un progrès. Ces immeubles flottants défiguraient la ville. Elle n'avait pas besoin de ça.

Quai des Esclavons, une immense publicité masque une église en travaux : une panthère court sur la neige. On a l'impression qu'elle va sauter dans une gondole. À la Dogana, des vidéos de Bruce Nauman donnent de solides migraines.

Pour se remettre, direction le *Harry's Bar* où a été inventé le bellini, ce cocktail à base de pêche et de prosecco. Hemingway y toréait entre les tables en se servant des nappes comme de muletas. C'est là que ce vieux flambard tomba amoureux d'une aristocrate de 19 ans. Il en avait 50. Cela causa bien des malheurs et lui fournit la matière d'un livre, *Au-delà du fleuve et sous les arbres.* On sait comment tout cela a fini. Une balle dans la tête pour le romancier. La noble Vénitienne, elle, se pendit à la plus haute branche d'un olivier. La littérature est jonchée de ces étranges cadavres.

Il faut peut-être voir Venise en hiver, quand la neige pose un manteau blanc sur la place Saint-Marc. Au *Florian*, la note augmente de 6 euros lorsque l'orchestre joue. Les pigeons n'en reviennent pas. Paul Morand s'asseyait sous le portrait du Chinois. Ici, l'homme pressé ne l'était plus. Il écrivait *Venises* au pluriel. La nuit tombe et les ruelles deviennent des labyrinthes inquiétants, peuplés de fantômes en manteau rouge. Mourir à Venise n'est peut-être pas une mauvaise idée. Voilà le plus bel endroit pour attendre la fin du monde. C'est pour quand ?

Cul sec

C'est l'heure où les lions vont boire. Ils n'arrêtaient pas.

Au *Voltaire*, Montherlant faisait des boulettes avec de la mie de pain. À *La Frégate* toute proche, Jacques Brenner mettait cul par-dessus tête dans le seau à glace la bouteille de sauvignon quand elle était finie. À ses pieds, son chien Falco attendait sans impatience les résultats des prix littéraires.

Au *Pont Royal*, ce bar en sous-sol qui n'existe plus, Sollers déjeunait d'une omelette et d'un bloody mary. Le soir, il passait au whisky. Geneviève Dormann, elle, entre deux Gitanes, prenait un tartare accompagné d'une bière.

Chez *Lipp*, à la table sur la gauche en entrant, Jacques Laurent rêvassait devant un verre de scotch, comme on disait dans les films d'Eddie Constantine, en contemplant l'horloge qui avance immuablement de sept minutes. À l'époque où il dirigeait la mythique revue *La Parisienne*, il lui arrivait selon ses rendez-vous d'avaler un hors-d'œuvre dans un restaurant, le plat de résistance dans un autre et le dessert dans un troisième.

Bernard Frank ne jurait que par le bordeaux. Antoine Blondin ne touchait pas à son assiette. Le pastis lui suffisait. Pendant ce temps, au *Twickenham*, ce faux pub anglais qui a fermé ses portes, BHL méditait devant sa tasse de thé.

Aujourd'hui, l'édition carbure à l'eau gazeuse. Elle doit être allergique au gluten. Un jour, on entendit Michel Déon prononcer cette phrase : « J'ai tellement soif que je boirais même de l'eau. » Ces anecdotes sont évidemment à consommer avec modération.

Paul Morand

Le monde est petit. Pauline Dreyfus est la petite-fille d'Alfred Fabre-Luce, qui était un ami de Paul Morand. Celui-ci, qui n'était pas exactement ennemi du snobisme, aurait été sensible à cette proximité de sa biographe, née en 1968 (date de son élection Quai de Conti).

« Un écrivain devrait rêver sa vie ; j'ai vécu la mienne », disait Morand. Le siècle défile. Il voit le jour le 13 mars 1888, 35 rue Marbeuf. Les études se déroulent au lycée Carnot. L'Exposition universelle de 1900 le frappe par sa diversité, lui donne des envies d'horizon. Ses parents l'emmènent très jeune à Venise, sa « première leçon de planète ». Jean Giraudoux, qui sera comme un frère pour ce fils unique, lui sert de mentor. Londres est sa cour de récréation. Parfaitement bilingue, introduit dans les cercles les plus fermés, il est épaté par Oxford, les clubs de Saint-James, les dames de l'aristocratie. C'est un coureur. Il ne résiste pas à un jupon, surtout s'il est accompagné d'une particule. À Paris, il fréquente Cocteau. On le repère au *Bœuf sur le Toit*. Il lit *Du côté de chez Swann* : « C'est rudement plus fort que Flaubert ! » Proust lui rend une visite qui dure une nuit entière et qui produira un texte fameux, *Le Visiteur du soir*. Le dandy cravaté a croisé au cours de ses pérégrinations Hélène Soutzo, princesse roumaine qui descend d'une lignée de banquiers et dont le port de tête lui vaut le surnom de « Minerve ». Aucun de ses passeports n'affiche la même date de naissance. Elle est d'un antisémitisme indécrottable. « On se prend à aimer les Juifs, tant ils sont supérieurs aux Roumains. » Ils se marieront en 1927, l'heureuse élue se définissant comme « la femme la plus cocue de Paris ». Morand lui avait confié : « Vous êtes le fil unique qui soutient ma vie. » Néanmoins, il ne portera jamais son alliance.

Grâce à ses nouvelles, il est devenu un écrivain à la mode. Jean Patou crée des robes « Ouvert la nuit ». Toujours en quête d'argent (on tord ici le cou à la légende selon laquelle Morand aurait été entretenu par une épouse milliardaire), Paul signe des contrats à droite et à gauche, souvent non honorés, parfois pour les mêmes livres. Il bouge tout le temps, saute dans des paquebots, grimpe dans des trains. « L'impression que vous cause une ville, le choc d'un pays nouveau, c'est en somme l'affaire des quarante-huit premières heures. Ou alors il faut toute une vie. » On ne le tient pas. « Partir, le rêve des bons projectiles. » Le projectile atteint le noir de la cible. Ses récits de voyage s'arrachent.

En Asie, il croise Malraux. L'explication de cette bougeotte est simple : « À douze ans, j'eus ma première bicyclette ; depuis, on ne m'a plus revu. » *Rien que la terre*, un de ses titres, résume assez sa devise. « Je voudrais qu'après ma mort on fît de ma peau une valise. » Une légende se façonne. Le diplomate fourbit ses armes aux côtés de Philippe Berthelot. On l'aperçoit dans diverses légations. Il s'achète une villa à Villefranche-sur-Mer, multiplie les maîtresses (l'actrice Josette Day, May de Brissac, avec qui il aura une fille illégitime).

Dans *Les Sept Péchés capitaux* (1927), il choisit l'avarice. Le cinéma l'intéresse. Il admire Chaplin, qu'il a rencontré à New York. Tout cela, très gratin. Son expérience avec les producteurs lui inspire *France la doulce* en 1934. Chez Gallimard, il dirige une collection de nouvelles où il publiera Marguerite Yourcenar. « Parlons cuisine. Une nouvelle, c'est une grillade. Le sujet doit être saisi et ne peut être retourné qu'une fois. Un roman doit cuire à l'étouffée. Un roman doit mijoter. » Le couple Morand s'installe dans un vaste rez-de-chaussée sur le Champ-de-Mars. Avenue Charles-Floquet, le salon de dix-huit mètres de long et sept sous plafond fait des jaloux. Pour le week-end, il y a la maison des Hayes, dans la forêt de Rambouillet.

En 1940, Morand est en poste à Londres. Pour d'obscures raisons de préséance, il rate de Gaulle. Cette bévue lui coûtera cher. L'écrivain, qui admire Laval, se jette dans les bras de Vichy. À la Libération, le voilà proscrit. Il soupire : « Ma femme était germanophile, moi anglophile : nous avons fait une moyenne conjugale en étant tous deux vichyssois. » La Suisse lui offre un asile austère. « L'idée de passer dix ans à regarder le lac de Genève me donne le vertige. »

Son œuvre est tombée dans l'oubli. Il est démodé. Quel drame ! Les Hussards, Nimier en tête, le remettent en selle. En lui, quelque chose s'est brisé. « Ma devise pourrait être : trop tard ! Je suis toujours arrivé partout au moment où ça fermait. »

La disgrâce s'efface. Retour en France. À Paris, Morand occupe la suite 420 du *Crillon*. Il échange d'innombrables lettres avec Jacques Chardonne. Ces deux ronchons se plaignent de tout avec une verve inégalable. Leurs noms ont disparu du Larousse illustré. Morand se présente à l'Académie en 1957. Le Général s'oppose à cette candidature. C'est l'époque où le chien du couple s'allonge sur le dos quand on lui dit : « À bas de Gaulle ! »

L'accident de Nimier sur l'autoroute de l'Ouest lui flanque un coup terrible. « C'était le printemps que je regardais partir pour la dernière fois. » En 1968, l'Académie l'accepte en son sein. C'est comme s'il récupérait ses papiers d'identité. *Venises* sera son testament. Celui qui a eu trente-cinq voitures roule désormais en Mini Cooper. Hélène s'éteint en 1975, le laissant inconsolable. « J'aurai attendu ma quatre-vingt-huitième année pour savoir ce qu'est la douleur. Ça vous nettoie l'âme. »

Il meurt l'été de la sécheresse en 1976, après sa séance de gymnastique à l'Automobile Club. Ses cendres sont mêlées à celles d'Hélène au cimetière de Trieste. « Après ma mort, il va y avoir du sport. » Il n'avait pas tort.

L'homme pressé sent le soufre et la vitesse, le gin et l'eau salée. Ses œuvres sont reliées plein cuir dans la Pléiade, bagage pour l'éternité.

Original et inclassable

C'est trop bête. Il n'aura pas pu lire la biographie de Paul Morand par Pauline Dreyfus. Manuel Burrus en aurait parlé à tout le monde. Il avait d'ailleurs publié en 1988 un *Paul Morand. Voyageur du XXe siècle* chez Séguier.

Comme son écrivain favori, il aimait les bains de mer, la littérature et les dîners en ville. Par sa mère, il descendait de la comtesse de Ségur et, avec lui, tout aurait été vraiment en l'air au château de Fleurville.

Toujours tiré à quatre épingles, il était délégué général de l'Association France-Italie. Ses blazers le faisaient ressembler à un éternel pensionnaire de collège suisse. À 72 ans, il avait l'air d'en avoir 20, d'en avoir 12, ou 100.

Ce citadin organisait des voyages à Capri, en Sicile, à Rome. Il était un guide vibrionnant dans le palais du *Guépard* à Palerme, savait où se procurer des cravates à Rome, n'ignorait pas quelle était la meilleure marque de limoncello. Pour lui, la mondanité était un sport, l'amitié un passe-temps. Son humour, sa petite taille le rapprochaient d'un Truman Capote sans la drogue. Sa conversation était une mitraillette de bons mots, une avalanche d'anecdotes, une explosion de noms propres. Il aurait dû écrire ses mémoires.

Il est l'auteur d'une nouvelle, *Fin de soirée*, avec un frontispice de Pierre Le-Tan. Il s'était occupé des *Lettres de l'oiseleur* de Cocteau. Michel Déon l'avait décoré de l'ordre du Mérite. Sa silhouette sautillante arpentait le trottoir entre l'ambassade et son domicile juste à côté.

Dans son rez-de-chaussée de la cité Vaneau, il offrait chaque hiver un verre de Noël où se bousculaient journalistes et romanciers. Il connaissait la terre entière, traversait la baie de Cadaqués à la nage, appréciait les gin tonics en terrasse l'été. L'expression « la plus basse forme de vie animale » désignait les gens qu'il ne supportait pas (il y en avait). Au restaurant, quand son voisin de table lui demandait ce qu'il avait commandé, il répondait invariablement : « Comment veux-tu que je m'en souvienne ? » Il aurait été capable de dire : « Sean Connery ne s'est pas remis de ma disparition. »

C'était un de ces personnages comme seul Paris sait en produire, original et inclassable. Le COVID nous a privés d'un des derniers esprits à la française. Ce virus est un plouc.

Contrôle technique

La voiture était un rêve. Elle est devenue un souvenir. Il n'est pas interdit d'appeler ça un progrès. Jadis, les automobiles vrombissaient à la première personne. Aujourd'hui, les moteurs hoquètent un triste espéranto. L'enfance était peuplée de modèles multicolores, aux formes originales, aux performances identifiables. Maintenant, les embouteillages vous obligent à patienter dans une grisaille absolue.

Toutes les bagnoles (qui dit encore bagnole, hein? Pourquoi pas « moulin », pendant qu'on y est?) se ressemblent. Elles sont métallisées, sombres, discrètes. On dit qu'elles sont utilitaires. On les affuble de l'épithète « familiales ». Il faudrait être un spécialiste pour en repérer la marque. De gros scarabées interchangeables freinent aux feux rouges. De faux 4x4 filent sur les boulevards. En s'approchant, on scrute le logo à l'avant. Pas facile de différencier une Peugeot d'une BMW, désormais. Rendez-nous les rutilantes italiennes. Où sont passées les insolentes petites anglaises, avec leur air de Dinky Toys (référence qui trahit une date de naissance se perdant dans les lointains)? Pourquoi ne reconnaît-on plus les imposantes Mercedes d'antan ? Choisir un véhicule est à peu près aussi excitant qu'acheter un lave-vaisselle.

Ah, sous de Gaulle, c'était autre chose ! Même les plus innocents ne confondaient pas une R16 avec une 403. Les ingénieurs se creusaient sûrement la tête. À l'époque, le 17e était l'arrondissement des garagistes, comme dans un roman de Modiano. Les DS avaient un profil de squale. Au démarrage, elles se soulevaient doucement, avec un soupir de courtisane. Les ministres en avaient tous une. La légende voulait que celle du Général fût blindée. Forcément, après l'attentat du Petit-Clamart.

Je me souviens que ma mère, qui avait pourtant passé son permis des années auparavant, avait été obligée de s'inscrire dans une auto-école lorsque nous nous sommes installés à Cahors, en 1967. Tenir un volant la terrorisait. Le moyen de faire autrement dans cette province pré-pompidolienne ? En ce temps-là, mon père restait fidèle aux Peugeot. Il prétendait que sa profession l'empêchait de rouler dans un modèle étranger. Le patriotisme avait des voies inattendues. Il nous parlait souvent de la Jaguar E avec une teinte de regret. Pourtant, ce cabriolet ne tenait pas la route. Jamais su si cette rumeur contenait une parcelle de vérité. En tout cas, la Jaguar Type E demeure pour moi la plus belle voiture du monde.

Elle battait la Ford Mustang de Steve McQueen dans *Bullit*. La Mustang n'était pas mal, quand même. Celle que pilotait Trintignant dans *Un homme et une femme* portait sur sa portière le numéro 184. En additionnant les chiffres, cela formait le nombre fétiche de Claude Lelouch, 13, mais nous ne le savions pas. Il y avait des tas de choses que nous ne savions pas. Qu'est-ce que c'était bien ! La Maserati de Maurice Ronet dans *La Piscine* nous paraissait inaccessible. Et de quelle couleur pouvait être la Lancia Aurelia de Gassman dans *Le Fanfaron* ? Le film était en noir et blanc. Je ne peux pas y repenser sans entendre aussitôt le klaxon horripilant. Rouge, la Lancia était sans doute rouge. L'Alfa Romeo avec laquelle Piccoli avait son accident dans *Les Choses de la vie* était grise. Un camion – quel con, ce Boby Lapointe – calait à une intersection et c'était fini. Dans *César et Rosalie*, Yves Montand était plus prudent : il s'était acheté une SM, cette Citroën qui n'a pas été fabriquée longtemps et qui consommait des torrents d'essence. À côté, Sami Frey ne faisait pas le poids avec sa Fiat orange.

Le pare-brise était un écran de cinéma. Les adolescents s'imaginaient dans la peau de ces acteurs coude à la fenêtre, propriétaires de bolides hors de prix sur lesquels les filles se dévissaient la tête. Il fallut déchanter. Après le bac, j'eus droit à la 4L maternelle, d'un bleu indéfinissable, à peine ciel, vaguement turquoise. Les sosies de Romy Schneider ne risquaient pas de grimper sur le siège passager. Ça n'est pas moi qui bondirais dans les rues en pente de San Francisco. Cela n'empêchait pas de battre des records de vitesse sur l'autoroute qui n'était pas limitée. Le problème résidait dans ce rond blanc frappé d'un 90 qu'on devait coller à l'arrière. La honte. Aux carrefours, nous nous moquions des frimeurs avec leurs gants aux doigts coupés, dans une matière beige pleine de trous-trous.

C'est une histoire très française. Les mères de famille se recoiffaient dans le miroir caché sous le pare-soleil. Leurs maris étaient tout fiers de leur nouveau toit ouvrant. Les cartes Michelin étaient impossibles à replier correctement. Cela créait de brèves disputes, des arrêts en catastrophe sur le bas-côté. Le GPS a moins de romanesque. À l'arrière, les enfants s'amusaient à compter les stations-service. À genoux sur la banquette, tournant le dos aux adultes, ils regardaient le passé s'enfuir à toute allure.

Les ceintures de sécurité n'avaient pas été inventées. C'était un tintouin infini de régler l'autoradio au fur et à mesure du trajet. Les départs en vacances s'accompagnaient de nuits dans des hôtels aux nappes à carreaux, avec des ours empaillés dans le hall. La mer était au bout du chemin. Les nationales étaient bordées de platanes au tronc peint en blanc. Leur feuillage projetait une ombre bizarre sur le capot. On voit ça parfaitement dans une séquence de *Profession : reporter*. Un jour, il faudra vraiment cesser de comparer la vie avec les films. La vie perd toujours.

Nous étions terriblement littéraires. L'Aston-Martin de Nimier nous inspirait davantage que celle de 007. Sunsiaré de Larcône aurait été une mauvaise James Bond girl. Huguenin commit l'erreur de monter dans une grosse allemande qu'un ami lui avait prêtée. Nous admirions les performances de Morand. Il posait à côté de sa Mercedes aux ailes de papillon. Il écrivait pied au plancher. Notre tendresse allait aussi au taxi mauve du docteur Scully. Cher Michel Déon. À cause de lui, nous sommes allés en Irlande avec trop de femmes. La conduite à gauche n'était pas mon fort.

Tout cela se conjugue à l'imparfait. Les automatiques ont brouillé la donne. Les leviers de vitesse sont des pièces d'antiquité. Plus aucune Françoise Dorléac n'écrase le champignon pour attraper son avion à l'aéroport de Nice. Comment imiter Sagan à bord d'une Kangoo ? Pieds nus dans une Scénic, vous n'y songez pas ? Il n'existe pas de permis d'écrire. C'est un tort. De là, le grand nombre de victimes en librairie. Les volumes qui partent au pilon font-ils un bruit de tôle froissée ? Qu'est-ce que c'est que cette manie de se pencher tout le temps sur le rétroviseur ? Peut-être que nous aurions besoin d'un contrôle technique. Nous avons plus de 60 ans. La machine commence à fatiguer.

Du même auteur

Il y avait le bruit. Le doux cliquetis de la machine rythmait les heures. Cela servait de B.O. Les ordinateurs ont changé tout cela. Les écrivains travaillent en silence. À l'écran, le spectacle a moins d'allure. Plus de feuillets roulés en boule dans la corbeille. Aucun son de clochette pour ramener le chariot à gauche. Le cinéma aime bien ces personnages assis à leur bureau. Ils soupirent, passent une main dans leurs cheveux, sifflent une gorgée de whisky.

Dans *L'Homme qui aimait les femmes,* Charles Denner était publié par Brigitte Fossey (il n'y a que chez Truffaut que les éditrices ressemblent à cette actrice). Dans *Le Magnifique,* l'éditeur essayait de piquer la petite amie de Belmondo. Il avait des excuses : c'était Jacqueline Bisset.

Que font les réalisateurs ? Ils devraient s'attaquer aux dessous (pardon, aux arcanes) du Goncourt, plonger leur caméra dans le salon de Brive (les couloirs des hôtels connaissent un trafic nocturne assez intense), s'intéresser aux agents. Les images d'Épinal ont du bon. La vie des auteurs n'est pourtant pas folichonne.

Les comédiens, qui n'ouvrent jamais un livre, se bousculent pour tenir un stylo. Noiret a été Gary et Neruda. Truman Capote, c'est l'inverse : il a eu droit à deux interprétations. Sylvie Testud faisait une Sagan parfaite. Nicole Kidman enfila la robe à fleurs de Virginia Woolf. La réputation de Karen Blixen doit beaucoup à Meryl Streep. Jeanne Moreau rendit hommage à Duras. Gwyneth Paltrow prêta ses traits à Sylvia Plath, Kate Winslet à Iris Murdoch. Clive Owen fut un Hemingway approximatif, Matt Dillon un Bukowski assez crédible (Mickey Rourke n'était pas mal non plus). Michel Houellebecq, toujours futé, préféra jouer son propre rôle.

D'un autre côté, aucun romancier n'a voulu devenir acteur. Il ne manquerait plus que ça. Erreur : Beigbeder apparaît chez Pascal Thomas et François-Marie Banier chez Rohmer. À l'époque, l'auteur n'avait pas encore quitté les pages Culture pour la rubrique Faits divers. Aragon encensait *Le Passé composé*, ce roman d'un jeune homme. Paris n'avait que son nom à la bouche. Banier circulait à mobylette en costume blanc griffé Pierre Cardin, emmenait Edmonde Charles-Roux sur son porte-bagages. Une rumeur voulait qu'il tienne son journal. Le gratin tremblait. Il fallait avoir l'œil, mais il était permis de repérer Geneviève Dormann dans *Les Grandes Personnes* et Romain Gary dans *Échappement libre.* Dans quel film de Danièle Thompson, déjà, reconnaissait-on Marc Lambron ?

La médaille a son revers. Depuis quelques années, un tas d'acteurs(rices) ont décidé d'écrire des romans. Tous aux abris.

Les Maris, les femmes, les amants

Le cinéma semble avoir été inventé pour simplifier la vie. Revoir *Les Maris, les femmes, les amants* est la meilleure façon de se rendre à l'île de Ré sans se faire crever les pneus si l'on n'est pas immatriculé 17. Pascal Thomas inverse la situation classique. Les épouses restent à Paris avec leurs copines. Les hommes partent au bord de la mer avec les enfants. Un courant d'air frais passe dans cette chronique rapide et nonchalante où un cinéaste italien ne retrouverait pas toujours ses petits.

Il y a du monde, sur la plage ou dans la capitale. Un scénariste refuse de répondre au téléphone de peur de tomber sur ses producteurs. Un gamin à lunettes s'amourache de toutes celles qu'il croise (« Elle me plaît ! »). La baby-sitter blonde a du charme. Elle s'en sert avec une maladresse touchante. Une veuve récente possède un tempérament, mettons, expansif. Guy Marchand vient d'être plaqué. Daniel Ceccaldi ne va pas tarder à être cocu. Jean-François Stévenin ne sait plus où donner de la tête, entre son fils déboussolé et ses amis qu'il connaît trop. Un éditeur pousse de sonores « cocoricos » dès le matin. Deux pestes de 15 ans ont pour occupation principale de râler.

Il y a des parties de cartes, des balades à vélo et des virées en bateau, des baisers interdits dans la cave, un piano dans le salon, des nuages dans les cœurs. Dans la capitale, Hélène Vincent se plaint tout le temps. Elle incarne à merveille les soupirs de la quadragénaire délaissée. Sabine Haudepin est surnommée « Poupée Barbie ». Elle pète le feu. Catherine Jacob porte une minerve : sa jalousie maladive lui paralyse les cervicales. Toutes ces figures se retrouvent à déjeuner dans un bistrot où elles commandent du bordeaux.

Un marabout africain décapite un poulet pour jeter un sort. L'adultère bat son plein. Il ne faut pas en faire un drame. La tristesse est légère, l'observation juste, le ciel changeant comme les humeurs des personnages. Paolo Conte rythme ces vacances où l'on cite les bons auteurs (Chesterton, Jean Follain), pare de tendresse mélancolique cette dernière saison avant la construction du pont. Quand les îles cessent d'être des rêves entourés d'eau, plus rien n'est pareil.

Les chagrins d'amour ne laissent que des souvenirs. Ils seront bons. Pour les cicatrices, on s'adressera ailleurs. Ce ne sont pas les cinéastes pleurnicheurs qui manquent. Thomas est sérieux comme le plaisir. Il filme les maisons comme personne, emprunte les chemins vicinaux de la fantaisie, parcourt les départementales de la nostalgie. Les sentiments sont sa cour de récréation. Dans un monde parfait, la Cinémathèque lui offrirait une rétrospective, au lieu de consacrer des raseurs patentés.

La Charente-Maritime sert de décor à ces chassés-croisés, fournit ses paysages horizontaux, sa météo capricieuse. C'est l'été. C'est Noël. Enfin, on ne sait plus. On prend des trains, et son temps. Il reste de ces journées au parfum iodé une certaine idée de la liberté, une notion de l'art de vivre désespérément française. Sur le sable, une grande liane brune en paréo raconte ses émois d'enfance à un monsieur en costume de lin blanc.

Cette comédie vitaminée vaut tous les antidépresseurs. Des sourires sur ordonnance, cela mériterait d'être prescrit chaque soir. Aucune distanciation sociale n'est requise. Quel bonheur ! Quel repos !

Avec la participation de…

Second rôle, on disait ça comme ça. Michel Robin est mort. On connaissait sa tête. On ne savait pas toujours son nom. C'est la loi du genre. Dans *L'Important c'est d'aimer,* il citait Shakespeare en robe de chambre. À la fin des *Maris, les femmes, les amants,* avec sa drôle de voix, il séduisait une longue liane brune.

Les seconds rôles étaient une bénédiction. Ils étaient comme la sauce des plats cuisinés, mettaient de la couleur à l'écran.

Comment aurait-on pu se passer de Galabru dans son uniforme de gendarme tropézien ? Qu'aurait fait Chabrol sans Piéplu en pardessus de notable ? Dominique Zardi faisait des apparitions en truand furtif. Paul Crauchet jouait les receleurs dans *Le Cercle rouge.* Avec son accent au papier de verre, Raymond Bussières disait « Boulot-boulot, menuise-menuise » dans *Casque d'or.* Paul Le Person, en parfait salopard, confondait Jean-Louis Trintignant dans la dernière séquence du *Train.* Cela faisait des souvenirs pour mille ans.

Les dames n'étaient pas en reste. Alice Sapritch passait, royale, avec son fume-cigarette. Maria Pacôme, dont les spectateurs ignoraient qu'elle avait été l'épouse de Maurice Ronet, déboulait avec sa gouaille unique. La douce Nicole Courcel quittait Lino Ventura dans *La Gifle*.

Les seconds rôles n'existent plus. Du jour au lendemain, ils se sont transformés en têtes d'affiche. On les voit deux ou trois ans un peu partout, puis plus rien. Ce métier est cruel. Ce système est idiot. Ah, Charles Gérard, Noël Roquevert ! Revenez, Évelyne Buyle, Ginette Garcin…

François Truffaut

« Si je savais écrire, je ne ferais pas le singe derrière la grosse Mitchell 300 », disait-il à Serge Rezvani. Comme toute la Nouvelle Vague, François Truffaut était obsédé de littérature. Ça n'est pas pour rien que son héros des *Quatre Cents Coups*, Antoine Doinel, élevait dans sa chambre un autel à Balzac, manquant mettre le feu à l'appartement. « Mon ambition, c'est de faire des films qui ressemblent à des romans. » Les choses étaient claires. À défaut d'avoir été publié sous la couverture blanche de la NRF, il fut l'auteur d'une correspondance fournie.

Voici les lettres qu'il adressa à des écrivains. Cela n'a pas traîné. La première date de 1948. Le destinataire s'appelle Jean Cocteau, une de ses admirations du moment avec Jean Genet. Truffaut a 16 ans. Il va droit au but. « Ici, pas de flatteries, pas de bla-bla-bla d'usage. » Cocteau pourrait-il venir présenter *Le Sang d'un poète* au Cercle Cinémane ? C'est une question de vie ou de mort. À Audiberti, il propose de signer dans les *Cahiers du cinéma*. D'autres idées lui trottent dans la tête. « Mon rêve est de vous confier l'écriture des dialogues de films que, peut-être, je réaliserai un jour. Je suis surpris, en effet, que le cinéma n'ait jamais fait appel à vous. » Ne pas oublier que le cinéaste a fourni son pseudonyme à Marie Dubois, titre d'Audiberti. Au passage, il lui parle de *Jules et Jim*. « Je suis certain que vous l'aimez, non ? » Henri-Pierre Roché est catégorique : « C'est pour moi un événement très souhaité que vous passiez à la mise en scène. Je me sens sûr de vous. » Ce vœu sera exaucé. Une modestie joueuse éclate sur la page. « Au fond, je suis très primaire, très inculte (je n'en suis pas fier) ; j'ai seulement la chance d'avoir un peu de sens du cinéma et d'aimer ça. Voilà. » Sa personnalité est ainsi résumée.

En 1955, le sulfureux Rebatet demande à le rencontrer : « Voilà un an que j'ai envie de vous voir parce que vous me rappelez le jeune Vinneuil[1] des années 1930. » Truffaut a sans doute appelé Auteuil 30-96, d'autant que Rebatet le caresse dans le sens du poil : « Delannoy fait partie de ces jeunes bourgeois si médiocres au lycée qu'il n'y avait que deux issues pour eux : Saint-Cyr ou le cinéma. »

Une époque file sous nos yeux. Cocteau revient du Festival de Cannes 1959. « Je me lavais l'âme de toute cette crasse. » Truffaut s'agite pour que *Le Testament d'Orphée* trouve un producteur. « Je serais bigrement fier d'être le financier d'un savetier tel que vous. » Louise de Vilmorin termine ses missives par « Gros bécots pile et face de votre amie ». Ça, Truffaut n'est pas avare de compliments. René-Jean Clot est soufflé : « Vous me faites

1. Pseudonyme de Rebatet.

honte en écrivant que vous admirez mon livre. Restons tous deux ce que nous sommes : des artisans amoureux de petites flûtes confidentielles. » Il passe derrière la caméra. Cela change la donne. Il y a des moments de découragement. « Bref, je suis dans les vapes. Je suis trop nerveux pour faire des films et j'envisage d'abandonner, je vais prendre des cours de claquettes, mais je n'envisage pas d'en vivre. »

Évidemment, on a des échanges avec David Goodis (*Tirez sur le pianiste*) et surtout avec Ray Bradbury (*Fahrenheit 451*), qui a peur de l'avion. Pour le rôle masculin, Truffaut pensa d'abord à Belmondo, puis à Aznavour. Ce fut Oskar Werner. En 1962, c'est la rupture avec Genet, dont Truffaut avait fait attendre un des protégés. « Laissez monter à votre tête toute la gloriole rigolote que vous voudrez, mais lâchez les mauvaises manières, François, et rôdez toujours un peu Boulevard de Clichy, il arrive que j'aie besoin de mille balles. » C'est fou ce qu'on lui demande comme services. François Weyergans est toujours à court d'argent. Jacques-Pierre Amette sollicite la permission de lui dédier *Élisabeth Skerla*. Maurice Pons lui apprend que Georges Perec aimerait qu'il lise *Les Choses*. « Il pense que le sujet est fait pour toi. » Truffaut répond qu'il faudrait plutôt un Godard. Duras est directe : « Mon fils fait de très belles photos. » Truffaut a-t-il un travail pour lui ? Le PS ne manque pas de sel : « C'est épatant, *Baisers volés*. » François-Régis Bastide lui poste *La Côte sauvage* de Huguenin. Truffaut décline : « Je suis fils unique jusqu'au bout des ongles et je ne comprends rien aux histoires de frère et sœur. » Paul Guth essaie de lui fourguer *le Naïf*, signalant que le metteur en scène a deux admirateurs : Bourvil et lui.

Robert Sabatier lui suggère une *Lettre ouverte à Jeanne Moreau* pour Albin Michel. En 1971, Jean-Marc Roberts, l'éditeur, sort les *Deux Anglaises et le Continent.* « Une fois de plus, vous venez de sauver le cinéma français. » Promis, il lui réserve le premier exemplaire de son prochain roman. Le même, après *Le Dernier Métro* : « Vous avez tout simplement réussi un des trois ou quatre plus beaux films du monde. » Précision : « J'ai commencé à écrire grâce à vous. » Louis Gardel lui adresse son *Fort Saganne*, accompagné des critiques élogieuses. Truffaut s'en tire par des pirouettes, de la gentillesse.

Il relit stylo en main le manuscrit d'un jeune inconnu, Bernard Gheur, réconforte Jean-Louis Bory en pleine dépression, avoue être passé par là, avoir eu besoin de « trois ans avant de pouvoir revivre normalement, c'est-à-dire d'aimer sans méfiance ». Ses correspondants sont aussi Graham Greene (qui eut un rôle dans *La Nuit américaine*), Simenon, Milan Kundera, avec lequel il avait un projet de scénario, *Le Petit Roi*. Les lettres s'espacent. Le 13 septembre 1983, la secrétaire répond à Bernard Gheur : « Monsieur Truffaut, victime d'un accident vasculaire début septembre, a dû interrompre son activité pour suivre un traitement médical. Il ne reviendra pas aux Films du Carrosse avant le mois de novembre. » La nouvelle est déchirante. François Truffaut meurt le 21 octobre 1984. Il n'a pas été remplacé. Peut-être qu'en secret des jeunes gens lui dressent un autel dans leur chambre. Il le mériterait. Truffaut avait un peu de sens de la littérature et il aimait ça.

Les éditeurs meurent aussi

Pierre-Guillaume de Roux allait avoir 58 ans. Il avait tout lu. La littérature coulait dans ses veines. C'était de naissance. On n'est pas pour rien le fils de Dominique de Roux, franc-tireur patenté fauché en pleine quarantaine.

La maison qui portait son nom avait soutenu le Slovène Boris Pahor. C'était une de ses fiertés. Il avait publié Richard Millet ostracisé par Gallimard et contre lequel une flopée de courageux écrivains avaient signé une pétition (certains auteurs ont toujours une rue Lauriston dans la tête).

Il était timide et démodé, cultivé et rieur. Cet éternel adolescent au grand corps malencontreux portait des cravates et un duffle-coat. Il aurait été triste de voir que les magasins Gibert Jeune de la place Saint-Michel fermaient. On ne pourra plus y acheter de cahiers à spirale ou d'exemplaires de presse dont les journalistes avaient arraché la page de garde pour qu'on n'apprenne pas qui les leur avait dédicacés. Les libraires meurent aussi.

Lorsque Pierre-Guillaume parlait de Robert de Goulaine ou d'Ezra Pound, ses longs bras s'agitaient comme des éoliennes au-dessus de son bureau. Feu sur le quartier général. La passion l'habitait. Il faut croire que cela constitue un défaut. Il savait que la vie est trop courte pour lire Annie Ernaux. Ça n'était pas une raison pour partir si vite, si tôt. Ce fut la seule faute de goût de cet éditeur bien élevé. On ne la lui pardonne pas.

Jean-Claude Fasquelle

Ses silences, dans Paris, étaient célèbres. Ils en disaient long. Jean-Claude Fasquelle parlait peu. Ça n'était pas pour ne rien dire. Cet éditeur de légende est parti dans son sommeil, à 90 ans. Ses rêves étaient sans doute peuplés de caractères d'imprimerie. À 23 ans, il avait repris la maison Fasquelle, qui publia Zola, Proust, Daudet.

Au départ, c'est un métier auquel il ne connaît rien. Simplement, il aime les écrivains qui ont du style et fuit les sartriens comme la peste. Lancer la collection Libelles lui paraît alors une évidence. Les pamphlets signés Bernard Frank, Roger Vailland, Michel Déon font circuler le sang. En 1960, l'affaire fusionne avec Grasset. Fasquelle la dirigera d'abord en tandem avec Bernard Privat, puis en solo jusqu'en 2000, date à laquelle il cède son fauteuil à Olivier Nora.

Il s'en passait de belles, dans cet immeuble de la rue des Saints-Pères, à Paris, avec son escalier de bois, ses couloirs étroits, ses parquets qui grinçaient sous les pas du visiteur. Le Goncourt de 1966 pour *Oublier Palerme*, d'Edmonde Charles-Roux, annonce la couleur. Les couvertures jaune beurre frais ne vont plus arrêter d'être ceintes des fameux bandeaux rouges signalant les récompenses d'automne.

À chaque rentrée, Fasquelle et son équipe (Yves Berger, Françoise Verny, François Nourissier) alignaient leurs auteurs en ordre de bataille, comme les soldats en uniforme de *Barry Lyndon*, et regardaient ceux qui restaient debout. À sa voix, ce taiseux préférait celle des jurés. Sanglé dans ses costumes croisés, ce colosse au physique d'acteur hollywoodien traitait les membres des Renaudot, Médicis et compagnie avec les égards dus à leur rang. Les résultats ne se faisaient guère attendre.

Fasquelle poussait les journalistes à se lancer dans le roman. Cela permit à Grasset de rafler l'Interallié à maintes reprises. On le lui reprocha. Cela ne l'empêchait pas d'obtenir des médailles pour Lucien Bodard ou Pierre Schoendoerffer. Le champagne fêtait ça. Sous ses dehors bien élevés, Fasquelle était un bon vivant. On n'est pas impunément l'ami de Kléber Haedens et de Roger Vailland. Il fallait entendre Fasquelle raconter comment le second prétendait ne jamais boire avant la nuit : pour ne pas mentir, il fermait dès l'après-midi les volets. Avec le premier, il partageait le goût du rugby. Pour lui, l'édition était un sport de combat.

Il s'agissait aussi d'un jeu. La chance n'était pas à négliger. La sienne fut insolente. Fasquelle escaladait l'Himalaya du succès avec un mystérieux sourire de mandarin chinois. Durant de nombreuses années, il planta le drapeau Grasset au sommet de montagnes qui se dressaient place Gaillon (Drouant) ou avenue Franklin-Roosevelt

(Lasserre). Son catalogue affichait Rambaud, Fernandez, Lambron, Beigbeder. Il signait de généreux à-valoir, choyait Daniel Rondeau, protégeait son vieux complice Bernard Frank, expédiait Jacques Laurent à l'Académie française. Les cocktails se succédaient dans les locaux à l'ancienne du 6e arrondissement.

Il y avait le *Twickenham*, ce faux pub anglais remplacé aujourd'hui par une boutique de mode, où s'ourdissaient de sombres complots dans des odeurs de bière blonde. Le soir, les dîners avaient lieu chez lui, square Vergennes, dans cette maison avec jardin qui semblait sortie d'un film de Claude Sautet. Sous l'égide de Fasquelle s'étaient lancés les nouveaux philosophes, BHL en tête, et les féministes bon teint comme Christiane Rochefort et Benoîte Groult (plus tard, ce fut le tour de Virginie Despentes). C'est lui qui persuada Bardot de rédiger ses *Mémoires*. Cet homme taillé dans le bronze et lent au dégel – le whisky et les grands bordeaux facilitaient les choses – présida avec son épouse Nicky aux destinées du *Magazine littéraire*, relança les Éditions du Sagittaire, où parurent Alexandre Astruc et Jean-François Bizot, fut actionnaire des *Inrockuptibles*, aida la maison Au diable Vauvert, participa en sous-main au triomphe de Joël Dicker.

Les étés se déroulaient à Cadaqués, dans cette villa face à celle de Salvador Dali avec ses œufs géants sculptés sur le toit. Pour lui, un auteur se publiait jusqu'à sa mort, un usage princier guère plus de saison dans le milieu. On revoit Fasquelle à scooter dans les rues de Port Lligat ou, assis derrière son bureau qui avait appartenu à Zola, relisant les aventures de San Antonio, siégeant au prix Freustié, évoquant la figure de Gabriel Garcia Marquez ou saluant Umberto Eco, avec qui il avait fondé récemment les éditions La nave di Teseo (« Le bateau de Thésée ») en Italie. On ne se refait pas.

Il avait même donné son nom à un prix décerné en Mongolie, ce qui lui avait permis de dormir dans une yourte. Peut-être qu'il n'accordait de crédit qu'à la noblesse des mots. Puis la lumière baissa. Il y eut la disparition de sa fille, Ariane, en 2016 et celle de Nicky, l'unique, l'inflammable Nicky, victime du COVID au printemps 2020. À Saint-Germain-des-Prés, une page s'est tournée. La dernière ?

Brive-la-Gaillarde

C'est l'alphabet qui veut ça. Brive est presque l'anagramme de livre.

Sous la halle Georges-Brassens, les auteurs patientent derrière leurs piles. Nothomb fait le plein. Le Goncourt a épuisé son stock en vingt-quatre heures. Christian Signol est, comme toujours, le vainqueur de l'événement. Hollande attire les foules. Elles ne sont pas rancunières. Hidalgo poireaute. Un hommage est rendu à Denis Tillinac. Son gros rire, sa toux de fumeur nous manquaient. Une dictée lui rendit hommage. Aurait-il commis plus de fautes que les candidats ?

Les hôtels affichaient complet. Les mauvais esprits espéraient, en feignant de la redouter, une bagarre entre deux jeunes écrivains pour une sombre histoire d'adultère. Elle n'a pas eu lieu. À quand remonte le dernier coup de poing, dans le milieu ?

Le prix de la langue française alla à Pierre Bergounioux, local de l'étape. Au stade Amédée-Domenech, les Brivistes battirent de justesse le Racing par 12 à 10. Sur la pelouse, les joueurs s'affrontaient comme des romanciers prêts à tout pour obtenir un prix. La comparaison est impropre, les candidats aux récompenses d'automne étant rarement capables de fair-play. Ici, le rugby accompagne la littérature, comme le malbec arrose le confit de canard.

À *La Truffe Noire*, un karaoké se récapitule autour du piano. Au *Cardinal*, l'édition parisienne se tortille sur Rose Laurens. Charmant spectacle. Dans l'avion du retour, tout le monde dormait. On se demande bien pourquoi.

Denis Tillinac

La lumière baisse. Quand il entrait dans une pièce, les visages s'éclairaient. Alors résonnait son inimitable « Comment tu vas ? », avec cette pointe d'accent, cette voix rocailleuse, cet œil pétillant et malin, cette bonne bouille de cancre grandi trop vite. Denis Tillinac était inclassable. Il surgissait là où on ne l'attendait pas. Qu'est-ce qui lui a pris ? Si on avait su qu'il tirerait sa révérence si tôt… Au moins, il a fait ça au Salon « Livres en vignes » dont il était un habitué. C'est bien de lui. Cher vieux Denis, il n'y avait que lui pour partir après avoir dégusté un gevrey-chambertin 1979 chez Albert Bichot. Dans les salles du Clos de Vougeot, sa table est restée désespérément vide. Les piles de son *Dictionnaire amoureux de De Gaulle* signalaient sa terrible absence.

Il était né un dimanche. Ça tombait bien : c'était jour de match. Ce 26 mai 1947, l'équipe de France affrontait l'Angleterre au Parc des Princes. Le père de Denis, amateur de football, rata la rencontre. On croyait Tillinac corrézien, il est de Paris. Il a grandi avenue Daumesnil. Les lions en pierre de la place l'impressionnaient. Le zoo de Vincennes et le musée qu'on appelait alors des

Colonies l'attiraient. Le gamin frondeur (« Caractériel », pour reprendre un de ses titres) du 12e arrondissement rêvait de lointain et d'animaux sauvages. Il connaîtra la Xaintrie (19) et les curieuses bestioles de Saint-Germain-des-Prés. L'école l'assommait. L'élève turbulent est renvoyé de sept établissements. Pour celui, cela valait tous les prix d'excellence. Après tout, La Fontaine aussi avait été viré de Massillon et de Juilly, ce qui permettait à Tillinac d'envisager en s'amusant un chapitre dans le Lagarde et Michard. Son bac, il le passera en candidat libre. Candidat libre : l'expression le définissait assez bien. Il ne cessera de s'y conformer. Les études ne sont pas son truc, mais il décroche un diplôme de Sciences Po à Bordeaux. Mai 68 le voit rouler à Solex sur les autoroutes désertes au lieu de manifester contre les CRS. Il préfère devenir journaliste, commencer au bas de l'échelle. Localier : le métier consiste à consigner les faits et gestes du département, à suivre les notables, en tournée, à rendre compte des foires et marchés. L'expérience lui inspirera *Spleen en Corrèze* où sont détaillées les vanités départementales.

La presse, c'est très bien. Tillinac voit plus loin. Un roman, c'est autre chose. En 1980, *Le Rêveur d'Amériques* parait chez Robert Laffont. C'était parti. On ne l'arrêtera plus. Au total, l'auteur alignera une quarantaine de livres. Cela ne l'empêcha pas d'être le contraire d'un homme de lettres. Trapu comme un demi de mêlée, avec son rire qui charriait des tonnes de galets, son éternelle veste de tweed, ses chemises Lacoste boutonnées jusqu'en haut du col, il détonnait. Parfois, ses occupations (une éphémère mission à la Francophonie) l'amenaient à enfiler un costume-cravate. La tenue lui donnait un air déguisé. Le sérieux ne lui allait pas. Cela n'excluait pas une authentique gravité. Denis avait le goût des idées. Il admirait pour ça Régis Debray, ferraillait avec Cohn-Bendit ou Emmanuel Todd. Clope sans cesse au bec, il insistait depuis quelques années pour dîner en terrasse. La conversation s'envolait. Les noms de Simenon (auquel il consacra un excellent essai) et d'Elvis Presley atterrissaient sur la nappe.

Il avait travaillé pour *La Montagne* et *La dépêche du Midi*, publié des entretiens dans *Madame Figaro*, dirigé la Table Ronde, maison d'édition qui fut le havre d'Antoine Blondin et où il accueillit Fajardie, Kaufmann et Pirotte, découvrit Frédéric Beigbeder. Il appartenait à la fois à l'École de Brive, où il accompagnait Claude Michelet et Christian Peyramaure, et aux néo-hussards aux côtés de Patrick Besson et de Didier van Cauwelaert. Il a obtenu les prix Nimier, Chardonne, Kléber Haedens, ce qui fournit une indication sur sa famille d'esprit. Les mots, il dribblait avec. Les églises romanes le touchaient au cœur. Pour lui, les stades étaient des cathédrales. Les dérives du sport professionnel l'affligeaient (*Rugby Blues*).

« Provincial et parigot », son temps se partageait entre Auriac et la rue de l'Odéon. Longtemps, le *Capitole* fut sa résidence secondaire. Il y eut cette fois au wagon-restaurant où Denis lut à haute voix des passages de Madeleine Chapsal, ce qui déclencha l'hilarité générale

(« Non, là, vous inventez! » le coupa un serveur incrédule). Pour lui, les vacances démarraient sur le quai de la gare d'Austerlitz. Il aimait d'Artagnan et la duchesse de Chevreuse, Bob Morane et Raymond Kopa, savait la valeur sentimentale des « Maisons de famille », cultivait l'amitié. Son soutien à Jacques Chirac fut en gros indéfectible. On n'accompagne pas en vain dans sa jeunesse un homme politique sur le plateau de Millevaches. Les repas entre eux ne devaient pas manquer de panache. C'était sûrement à qui terminerait le premier la tête de veau. Denis s'est éteint un an jour pour jour après l'ancien président. Le destin n'est pas un dilettante.

Denis Tillinac avait tout de suite su qu'il ne serait jamais un adulte. Il ne croyait pas aux mensonges des grandes personnes. La France était sa cour de récréation. Il en visitait les moindres recoins, aussi à l'aise sous les lambris de la République que dans une gargote perdue, était capable de se rendre à Port-en-Bessin pour respirer le décor de *La Marie du port*, d'emmener ses enfants sur les plages du débarquement, de s'arrêter sur une place de village pour acheter un exemplaire défraîchi du *Rouge et le noir* en poche ou de sauter en plein hiver dans un avion pour Madère. Son intransigeance lui interdisait d'aller voir un film tiré d'un livre qu'il aimait. Il avait participé au Paris-Dakar, même si sa conduite laissait, disons, à désirer. Il frappait le volant de sa paume en chantant « Blue Suede Shoes » – la voiture zigzaguait dangereusement. Lorsqu'il s'installait au piano, on en avait pour la nuit. Ses comparses n'ont pas oublié sa formule en sortant de chez *Castel* au petit jour : « Où va-t-on boire maintenant? Je ne peux pas me saouler correctement quand il y a de la musique. » C'était hier. C'était il y a des siècles.

Tel était Denis, fantasque, drôle, généreux, mélange de rusticité et de sophistication. Il n'avait pas changé. Gamin, il hésitait entre succéder au général de Gaulle ou devenir roi du Dahomey. On le prétendait réactionnaire. Il était nostalgique. L'époque le décevait. Elle lui semblait bête, sectaire, vouée aux rues piétonnes et aux plans d'eau. Le plaisir n'y avait plus droit de cité, ce qui pour lui constituait une faute, sinon un péché. « J'ai raclé du papier avec un stylo », résumait-il avec modestie. Il n'était pas fichu de taper à la machine, remplissait ses cahiers d'écolier avec un Bic à l'encre verte.

On le relira la gorge serrée, en commandant un « Dernier verre au *Danton* » et on boira à la santé des conquérants. Place Daumesnil, les lions de la fontaine ne crachent plus leurs jets d'eaux. Ils versent des torrents de larmes. Il paraît que l'autre soir, les habitants ont entendu une voix rauque fredonner dans le noir « One for the money, two for the show ».

Les dieux ont soif

Les (vrais) héros de cinéma ont tout le temps un verre à la main. Honneur à James Bond qui, dans le monde entier, réclame sa vodka-martini, *« shaken, not stirred »*. Dans *La Soupe aux choux,* Carmet et de Funès se contentent de gros rouge. Malgré son vague parfum de pomme, on ne saura jamais au juste ce que contient le tord-boyaux des *Tontons flingueurs.* Avant de dévorer ses victimes, Hannibal Lecter ne crache pas sur un chianti de bonne tenue. Alex, le voyou *d'Orange mécanique,* a un faible pour le Moloko Plus, à base de lait et d'amphétamines. Bridget Jones carbure bravement au chardonnay. Le « Dude » de *The Big Lebowski* enchaîne les White Russian à longueur de journée. Le consul d'*Au-dessous du volcan,* qui ne quitte pas son smoking en pleine canicule mexicaine, se finit au mescal. Sans faillir, le John Gielgud de *Providence* descend des litres de chablis dans le jardin de sa propriété. Dans *Easy Rider,* Nicholson boit du bourbon au goulot en dédiant la première gorgée à D. H. Lawrence. Les alcools consommés dans *Mad Men* sont trop nombreux pour qu'on les répertorie. Quant à la potion magique d'Astérix, sa recette reste un mystère.

Dracula, lui, a des goûts simples : uniquement du sang de vierge. Ce breuvage devient une rareté. Les vampires vont bientôt demander des aides au gouvernement.

New York

Vu d'en haut, New York ressemble à une grille de mots croisés. Les écrivains ont rempli les cases. Ils ne font pas de mauvais guides. Le fameux « grand roman américain » est un but trop difficile à atteindre : ils se contenteront de signer celui de Manhattan. Ce n'est déjà pas si mal. New York se chante (avec la voix de Liza Minnelli). New York se filme (avec la caméra de Scorsese). New York se décline aussi en caractères d'imprimerie. Ne comptez pas sur Hemingway pour en chanter les louanges. Il comparait l'endroit à « un enfer ».

Son rival Scott Fitzgerald succombait davantage à ses charmes. Dans un chapitre fameux de *Gatsby le Magnifique*, il expédie ses personnages dans une suite du *Plaza* durant un après-midi caniculaire où l'on sert des « gins Rickey qui cliquetaient pleins de glace ». Dans ce roman de chevalerie situé en 1922, où le héros appelle tout le monde « vieux frère », New York est une cité de perdition. On commande des highballs au restaurant avec un type douteux, ce Mayer Wolfsheim qui porte des molaires humaines en guise de boutons de manchette.

Truman Capote a immortalisé la métropole dans *Petit déjeuner chez Tiffany*. On connaît l'histoire. Le narrateur habite du côté de la 70ᵉ Rue Est, en dessous de chez Holly Golightly, une blonde à cheveux courts dont la profession reste assez indéfinie. Elle a une guitare et un chat tigré, et se rend chaque semaine à la prison de Sing Sing par le train de 8 h 45. Elle vole un masque d'Halloween au magasin Woolworth's, monte à cheval dans Central Park, emprunte des volumes à la bibliothèque de la 42ᵉ Rue. Son rêve est simple : « Je veux être encore moi-même quand je m'éveillerai un beau matin pour prendre mon petit déjeuner chez *Tiffany*. » Au cinéma, la scène ouvre le film inoubliable avec Audrey Hepburn descendant à l'aube d'un taxi jaune sur la 5ᵉ Avenue, devant la boutique du joaillier. Capote remit ça de façon posthume avec *La Traversée de l'été* dont on retrouva le manuscrit par hasard.

Une demoiselle de bonne famille reste pendant les vacances dans l'appartement familial de Park Avenue. L'héritière rousse de 19 ans flirte avec un gardien de parking. Ensemble, ils visitent le zoo de Central Park où « la cage des lions se distingue des autres par son odeur aigre de renfermé et de désirs morts », vont au club *Bambou* écouter la chanson « Just One of Those Things » ou dans un cinéma de Lexington voir un film de Bob Hope. Accessoirement, ils se marient en douce à 2 heures du matin dans le New Jersey, mais tout ce qui n'arrive pas à Manhattan compte pour du beurre. Truman Capote sera plus tard le héros d'un roman, *Les Cygnes de la*

Cinquième Avenue de Melanie Benjamin. Le voici attablé à la Côte basque, en compagnie de dames richissimes dont il trahira les secrets dans *Prières exaucées*. Écoutons-le chuchoter à l'oreille de Babe Paley, épouse du PDG de CBS (que d'acronymes !) : « *Tiffany* est comme un club de loisirs pour les dieux. »

Jay McInerney est son digne successeur. Dans *Journal d'un oiseau de nuit*, rédigé à la deuxième personne, on suit le narrateur dont on ne saura jamais le nom et qui est vérificateur de faits pour le magazine *New Yorker* à travers une errance cocaïnée, entre discothèques à la mode et luxueux penthouses. Il faut surtout lire *Trente ans et des poussières* et ses deux suites (*La Belle Vie*, *Les Jours enfuis*). Il y a tout, là-dedans. Les Calloway, Russell et Corrine, vieillissent sous nos yeux. Ils ont débuté dans l'édition, ont eu des jumeaux, un appartement dans l'Upper East Side, puis un loft à Tribeca sans jamais réussir à devenir propriétaires. Ils ont cru que le 11 septembre allait les changer pour toujours. Qu'y a-t-il de nouveau chez eux, à part qu'ils connaissent la différence entre un montrachet 1982 et un pétrus 1989 ?

Les aficionados suivront le collégien fugueur de J. D. Salinger dans *L'Attrape-cœurs*, qui se demande où vont les canards de Central Park quand le lac est gelé l'hiver, et les névrosés accompagneront *Portnoy et son complexe* chez son psychanalyste avec Philip Roth. De nombreux ouvrages d'Isaac Bashevis Singer se déroulent dans les parages. Est-ce que quelqu'un a eu des nouvelles du Patrick Bateman d'*American Psycho* ? Peut-être que le serial killer de Bret Easton Ellis continue à zigouiller de manière cruelle et sophistiquée les proies qu'il ramasse dans la Grosse Pomme. Dites, comment va Sherman McCoy, le trader de Tom Wolfe, qui commit l'erreur de se tromper de sortie d'autoroute au volant de sa Mercedes ? Quelle idée de se retrouver dans le Bronx après minuit ! Il y a pire : le sulfureux *Last Exit to Brooklyn* de Hubert Selby qu'on ne recommandera pas au syndicat d'initiative. Mieux vaut les chroniques marrantes de Damon Runyon dans *Broadway, mon village* ou *La Trilogie new-yorkaise* de Paul Auster, auteur qui fut à la mode grâce à cette œuvre hantée de détectives privés et de protagonistes baptisés Bleu, Noir, Blanc, comme les gangsters de *Reservoir Dogs*.

On a gardé le meilleur pour la fin : *Un bonheur parfait* ou *Et rien d'autre*. James Salter ou New York en lettres magiques. Ne le répétez pas.

L'art de brûler les ponts

Désormais, plus d'excuses. Il n'y aura plus moyen d'ignorer John O'Hara (1905-1970). On réédite ce cousin de Fitzgerald, qui fut un pilier du *New Yorker* et se mit tout le monde à dos à force d'engueulades et de saouleries. La biographie que lui a consacrée Geoffrey Wolff s'intitulait *L'Art de brûler les ponts*, ce qui en dit long.

Voici *La Fille sur le coffre à bagages*, une novella de 1960. C'est une merveille, du pur concentré d'O'Hara. La mélancolie y coule à pleins bouillons. Dans les années 1930, un journaliste spécialisé dans les nécrologies est chargé de jouer à New York les chaperons pour les stars de Hollywood en visite. James Malloy accueille Charlotte Sears à la gare de Grand Central. Il doit être 24 heures sur 24 à la disposition de cette actrice sur le déclin. Le studio veut se débarrasser d'elle. Quel âge a-t-elle ? À peine 40 ans. Dans sa chambre d'hôtel, elle attend fébrilement l'appel d'un certain Hunterden, dont les activités ne sont pas bien définies. Il roule en Rolls et fréquente un Turc bizarre, accompagné d'un Anglais laconique. Malloy emmène la comédienne dans des bars clandestins, apprend qu'elle s'appelle en réalité Catherine Dowd et qu'au cours d'un dîner chez *Sardi's* un producteur lui a balancé : « Dès que vous serez rhabillée, nous parlerons du contrat. »

Malloy fond. Elle commence par résister. Elle cédera, une fois, juste une fois. Cet épisode, le narrateur le cajolera jusqu'à la fin de ses jours. Comment oublier ce week-end chez des riches à Long Island ? Il avait loué une Duesenberg, discuté avec des millionnaires, flirté avec la maîtresse de maison. Quel idiot, d'avoir trop bu ! Il avait laissé Charlotte rentrer avec Hunterden. L'erreur fut fatale. Pauvre Charlotte, à côté de ce personnage aux fréquentations douteuses qui évoque par certains aspects le Meyer Wolfsheim de *Gatsby le magnifique*.

O'Hara a un don particulier pour décrire les femmes, leurs vêtements, leur conversation, leur inconsciente cruauté. Très fort pour les dialogues, par-dessus le marché. Exemple : ce soupirant qui débarque sans prévenir à midi en demandant : « Est-ce que j'arrive trop tard pour le petit déjeuner ou trop tôt pour le déjeuner ? »

Une touche de désastre imprègne chaque page. Les gens ont intérêt à rester à leur place. Ils viennent souvent de Gibbsville (Pennsylvanie). C'est là que se situe *Rendez-vous à Samarra*, roman le plus connu de l'auteur. Il s'agit d'une lente descente aux enfers, arrosée de gin. La tragédie s'abat sur les banlieues chics. Le *Lantenengo Country Club* abrite un scandale. On ne devrait jamais quitter Gibbsville.

La prose de John'O'Hara a le charme, l'élégance, la poésie de la neige qui, dehors, tombe sur le parcours de golf.

Sharon Stone

À quoi ça tient, hein ? Sharon Stone décroise les jambes et la face du cinéma en est changée. La mythique scène du commissariat dans *Basic Instinct* propulse l'actrice au firmament. Dans ses mémoires, elle affirme avoir été piégée. Bonne fille, elle ne tarde pas à reconnaître qu'elle a fini par donner son feu vert. Le monde entier se bouscule pour apercevoir son entrejambe. Sharon Stone relativise la performance. « En fait, Michael et moi, on est les Ginger Rogers et Fred Astaire des années 1990. » Le réalisateur Paul Verhoeven précisa : « Oui, mais Fred Astaire et Ginger Rogers à l'horizontale ! » Plus tard, celle qui incarnait la romancière bisexuelle au pic à glace eut ce commentaire : « On voyait tout jusqu'au Nebraska. »

Sharon Stone a de l'humour, 65 ans et un QI de 154 (pour les amateurs de chiffres, voici ses mensurations : 91-61-91). En 1992, *Basic Instinct* crée le scandale. À Cannes, il faut à l'interprète principale pas moins de dix gardes du corps. Sa cote explose. « On me paierait même pour jouer *Lassie*. » La demoiselle arrive de loin. Grandir dans un trou perdu de Pennsylvanie, « quelque part entre Pithole, le trou du cul du monde, et Tidioute, dans le coude de la rivière Allegheny », ne vous prédispose pas à vous retrouver en haut de l'affiche. Il faut travailler. La gamine sait ce qu'elle veut : devenir une vedette de l'écran. L'école lui fournit un avant-goût de ce qui l'attend. En cours préparatoire, un gamin lui saute dessus et l'embrasse. C'est le début d'une longue liste.

Elle écrit des pièces de théâtre, a des dons de médium, ce qui lui permet à 17 ans de deviner que son chevalier servant s'est tué à moto avant qu'on lui annonce la nouvelle. Elle étouffe. Sa mère est froide et violente. Son grand-père abuse de ses petites-filles. Son frère Mike revend de la marijuana. Son père, amateur de base-ball, lui conseille : « Assure-toi d'être toujours prête à frapper la balle, ma chérie. » La leçon sera retenue. Elle file à New York, déboule à l'agence d'Eileen Ford. « En me voyant, elle m'a dit qu'elle aimerait me jeter en bas de la volée de marches que je venais de monter et me voir rebondir sur mon gros cul, mais qu'elle était d'accord pour m'engager. » La fille de la campagne orne soudain les couvertures de *Vogue*, gagne plus d'argent que ses parents. La Californie est son but. « En ayant eu un frère criminel qui vivait au-dessus de chez mon petit ami, je m'étais en quelque sorte préparée pour Hollywood. »

On oublie trop souvent que *Basic Instinct* est son 18e film. Avant, il n'y a pas eu que des chefs-d'œuvre. C'est Woody Allen qui lui met le pied à l'étrier avec *Stardust Memories*. Durant son audition, ils avaient discuté de l'infini. Tout ça pour un bref moment où elle colle ses lèvres à la fenêtre d'un wagon de train. Son nom figure au générique de *La Ferme de la terreur*, de *Police Academy 4*. Un an en Afrique pour *Les Mines du roi Salomon* : « Je n'étais qu'une coiffure ratée courant à travers la jungle. » Un metteur en scène refuse de la diriger si elle ne s'assied pas sur ses genoux. On monte d'un cran avec *Total Recall*. Elle ne comprend rien au scénario tiré de Philip K. Dick. L'intrigue de *Basic Instinct* – qui valut à l'auteur Joe Eszterhas la bagatelle de 3 millions de dollars – a moins de zones d'ombre. Le rôle n'est pas dans la poche. Michael Douglas préférait Isabelle Adjani. Verhoeven jette son dévolu sur Michelle Pfeiffer, qui décline. Sharon Stone s'acharne. Bingo ! Sur le tournage, néanmoins, le producteur l'appellera tout le temps Karen. On l'imagine bouillir intérieurement. La suite est dans toutes les mémoires.

Elle assiste à la première du film en compagnie de Faye Dunaway qui lui dit : « Maintenant, tu es une grande star et ils peuvent tous aller se faire foutre ! » Elle ne va pas s'en priver. Sharon Stone est au sommet de sa puissance. Elle a désormais un droit de regard sur le script, ses partenaires. Grâce à elle, le tout jeune DiCaprio participe au western *Mort ou vif* : elle a réglé la moitié de son salaire. On ne la prend pourtant pas au sérieux. Lorsqu'elle est sélectionnée pour le Golden Globe de la meilleure actrice en 1993, l'assistance éclate de rire.

Casino représentera son bâton de maréchal. Elle y est Ginger, call-girl qui épouse sans l'aimer un mafieux de Las Vegas. « Tu es une bonne actrice », lui glisse De Niro lors d'une scène de ménage où elle a les larmes aux yeux. Ce gangster à qui on ne la fait pas voudrait avoir confiance en elle. Grave erreur. Elle le trompe avec un marlou du second rayon, porte des manteaux de chinchilla, disparaît avec 2 millions de dollars, s'enfonce dans la drogue et l'alcool sur la musique du *Mépris*. Elle ne fera jamais mieux. Elle le sait. Sharon Stone se perdra dans une succession de mauvais choix, du grotesque *Sliver* (lucide, elle ne l'a pas vu) au remake de *Basic Instinct*. Légère exception pour *La Dernière Marche* où elle est une condamnée à mort dans une prison du Tennessee. Elle a failli incarner Marlene Dietrich, refaire un *Belle de jour* avec Polanski. Le proviseur de son ancien lycée a été obligé de cacher dans un coffre l'annuaire de son établissement où étaient imprimées deux de ses photos.

Ses problèmes de santé rempliraient un annuaire : cicatrice au cou, épaule démise, dévitalisation d'une dent sans anesthésie, kyste ovarien, pied cassé, peur des araignées, AVC. La foudre l'a frappée dans sa cuisine (l'éclair a des excuses). Elle est tombée sur Patti Smith par hasard dans un restaurant new-yorkais, admire Meryl Streep. Un archéologue lui a certifié qu'elle était la réincarnation d'Aphrodite. La déesse grecque en rougit dans sa tombe. Les vétilleux lui reprocheront de ne guère mentionner ses prestations dans des publicités pour des lunettes, ni qu'elle a droit à un chapitre dans *American Vertigo* de Bernard-Henri Lévy.

Catherine Tramell, la meurtrière sexy, s'est transformée en personne de qualité. C'est une fille toute simple qui s'est réconciliée avec sa mère, qui regarde des films de surf, ne triche pas sur son âge, se désole : « Être d'une grande beauté, surtout quand cette beauté est couplée à une vraie intelligence, comme c'était le cas pour ma tante, peut vraiment porter préjudice à une femme. » Doit-on la croire ?

Sharon Stone rédige des nouvelles, relit *Cent ans de solitude*, se montre dans la série *Ratched*. Quelle sagesse ! N'empêche, elle a baptisé sa maison de production Chaos. Tous les espoirs sont permis. Sur son bureau, y a-t-il un pic à glace à côté de l'ordinateur ?

Crise de couple

Pendant les disputes, le cinéma continue. Un homme et une femme, ils se sont aimés : ça n'est plus ça. Sur cette trame inusable, les réalisateurs ont tissé des figures imposées. Les dialogues s'enflamment. Les larmes coulent. Les gifles finissent par arriver.

Chef-d'œuvre incontesté du genre : *Scènes de la vie conjugale* de Bergman. Liv Ullmann et Erland Josephson s'y déchiraient à belles dents. L'humeur n'était pas au beau fixe entre Jean Yanne et Marlène Jobert dans *Nous ne vieillirons pas ensemble*, désagrégation d'un couple observée au microscope par un Pialat au mieux de sa forme. Dans la banlieue résidentielle des *Noces rebelles*, Leonardo DiCaprio et Kate Winslet ne s'entendaient pas non plus. L'ennui du rêve américain saisissait Kevin Spacey au point de pulvériser son ménage dans *American Beauty*, toujours de Sam Mendes. À grand renfort d'alcool, Liz Taylor et Richard Burton se transformaient en meilleurs ennemis du monde dans *Qui a peur de Virginia Woolf?* Dans *La Notte*, Mastroianni et Jeanne Moreau n'avaient plus grand-chose à se dire. Ils erraient dans une fête en essayant de savoir ce qui avait cloché. Dans

Mariage, film mésestimé de Lelouch, Rufus et Bulle Ogier se balançaient de terribles vérités : « Et tes grains de beauté, tu sais ce qu'ils sont devenus ? Des kystes ! ».

Ne parlons pas de *La Guerre des Rose*, chronique acide d'une séparation avec Michael Douglas et Kathleen Turner. Le comble de la perversion revient à Woody Allen, qui tourna *Maris et femmes* avec une Mia Farrow tourmentée après qu'il a confié avoir couché avec leur fille adoptive.

Retour en France avec les redoutables Gabin et Signoret du *Chat*, qui n'échangeaient plus que par mots griffonnés sur la table de la cuisine. Même le tendre Truffaut a évoqué un mariage qui bat de l'aile dans *Domicile conjugal*. C'est peut-être Godard qui a le mieux compris comment l'amour se fissurait pour un rien. Dans *Le Mépris*, soudain Bardot ne regarde plus Piccoli de la même façon. À l'écran, les personnages ne cesseront pas de pleurer, d'avoir des regrets, de tâcher de garder de bons souvenirs.

Jean-Luc Godard

Il ne fait pas son âge. *À bout de souffle* pourrait avoir été tourné hier par un surdoué pour qui le cinéma serait simple comme bonjour. C'est le premier film de Jean-Luc Godard. Ça serait le seul que le réalisateur aurait inscrit son nom dans l'histoire.

La Nouvelle Vague avait commencé l'année précédente avec *Les Quatre Cents Coups* de Truffaut. Il y avait eu aussi *Le Beau Serge* de Chabrol. Godard n'allait pas rester les bras croisés. Ils allaient voir, ses copains des *Cahiers du cinéma*, revue où ils avaient fourbi leurs armes stylo en main. Un vague fait divers, un comédien au physique peu commun qu'il avait dirigé dans un court-métrage, une actrice hollywoodienne qui ne comprendrait pas grand-chose à ce qui se passe sur le plateau, le tour était joué.

Le tee-shirt y était pour beaucoup. À l'époque, il s'agissait d'un sous-vêtement. Il était assez rare de l'exhiber, même avec une inscription dessus. Il fallait vraiment être une Américaine à Paris pour se permettre de descendre les Champs-Élysées dans cette tenue. Comment résister à cette Jean Seberg en train de vendre le *New York*

Herald Tribune (la façon dont elle prononce le titre, avec son accent charmant) à la criée ? D'abord, Belmondo l'aperçoit de dos. Il la cherchait partout. Elle a un petit sac en cuir blanc, des ballerines, un pantalon-fuseau et sa coupe à la garçonne. Il arrive de Marseille. En route, il a tué un motard, presque par hasard.

Avec sa veste de tweed, son feutre tout droit sorti d'une série B, il veut emmener Patricia à Rome. Ils ont déjà plus ou moins eu une aventure. Elle hésite, ne sait pas ce qu'elle veut. C'est une constante, chez elle. Cela les perdra. « Hélas, j'aime une fille qui a une très jolie nuque, de très jolis seins, une très jolie voix, de très jolis poignets, un très joli front, de très jolis genoux. Mais qui est lâche. » C'était oublier son grain de beauté sur la joue gauche. L'étudiante a une démarche de danseuse. Il lui achète un exemplaire du journal (« C'est gentil »), le feuillette, se plaint qu'il n'y ait pas d'horoscope. Le désinvolte voleur de voitures désigne sa poitrine et lui demande pourquoi elle ne porte pas de soutien-gorge.

La séquence est mythique. Elle résume à elle seule la révolution qui bouleversa le cinéma. Après, rien ne sera plus pareil. Toute une période… Les Champs-Élysées étaient encore la plus belle avenue du monde, avaient des contre-allées où se garaient des Dauphine, des 403, des 2 CV. Anne Hidalgo n'était pas passée par là. Des publicités pour Martini surplombaient les kiosques à journaux. Des demoiselles distribuaient les *Cahiers du cinéma* (clin d'œil).

Les salles du quartier affichaient *Hiroshima mon amour* ou *Plus dure sera la chute* et Belmondo, avec son faux air de Mick Jagger, singeait les mimiques de Bogart. Godard se croyait tout permis. Les faux raccords n'étaient pas rares, les blagues de potache s'enchaînaient en rafales. La liberté s'étalait en noir et blanc. Le héros piquait l'argent de ses copines, pissait dans leur lavabo. Elle cite Faulkner. Il ne l'a pas lu, évidemment (« Tu as couché avec lui ? »). Les lumières de Paris s'allument d'un coup et une poésie certaine surgit sur l'écran.

Sur une terrasse à Orly, Jean-Pierre Melville, qui joue un romancier, définit ainsi son ambition : devenir immortel et puis mourir. *À bout de souffle* est bourré de trucs utiles, quotidiens. On y apprend que chez Dior, on pouvait téléphoner gratuitement à l'étranger. On y commande un « direct » au comptoir, se lance des « Ciao, fils ». Tout cela tourné avec les moyens du bord, trois francs six sous. Le producteur Georges de Beauregard se serait arraché les cheveux, s'il lui en était resté. Le réalisateur le rassure : « J'espère que votre film sera d'une belle simplicité ou d'une simple beauté. » Raoul Coutard filme en lumière naturelle, Caméflex à l'épaule, réussit ses travellings en roulant dans un fauteuil de paralytique ou en se cachant dans un triporteur des PTT. Le système D règne. Godard invente les répliques au jour le jour, est le seul à avoir le scénario complet. Parfois, il ne vient pas sur le plateau. Quand il n'a pas d'idée, il renvoie toute l'équipe à la maison. « Ce n'est pas de l'improvisation, c'est de la mise au point de dernière minute. »

Truffaut et Chabrol se sont portés garants, l'un en offrant ce fait divers repéré dans *France-Soir*, l'autre en endossant la panoplie de conseiller. C'est une affaire de copains.

Les trouvailles ne se comptent plus. Godard tombe en catastrophe sur Eisenhower et de Gaulle défilant de l'Étoile au Rond-Point. Allez, moteur! Seberg est déroutée. Cela change des méthodes hollywoodiennes. Belmondo se marre. Son agent est plus inquiet : « Si un film comme ça sort, il va briser votre carrière. » On connaît la suite. Moralité : en 1 heure 27 et 470 plans, sur une musique de Martial Solal, Godard incarnera à jamais la Nouvelle Vague.

Comme son personnage qui soulevait les jupes des passantes, son film démode le cinéma à la papa. On le revoit toujours comme si c'était la première fois. Les voyous sont faits pour s'effondrer d'une balle dans le dos, au milieu des clous, rue Campagne-Première. Les femmes, elles, vous trahissent – c'est comme ça : en plus, elles s'imaginent que c'est par amour et se demandent toujours ce que veut dire « dégueulasse ». Il est un peu tard pour avoir la réponse.

En 1965, cinq ans après *À bout de souffle*, Godard veut des vacances. Pour son dixième film, il lui faut de l'eau salée et du ciel bleu. Direction la Méditerranée. Le cinéaste résume *Pierrot le Fou* en compilant tous ses titres précédents : « Un petit soldat qui découvre avec mépris qu'il faut vivre sa vie, qu'une femme est une femme, et que dans un monde nouveau, il faut faire bande à part pour ne pas se retrouver à bout de souffle. » Il existe deux autres résumés : « Un garçon et une fille partent vers le soleil, essayent de vivre comme Robinson Crusoé et n'y arrivent pas » ou « Stuart Heisler revu par Raymond Queneau ». On a donc le choix.

D'abord, il y a une « Série noire » de Lionel White, *Le Démon de onze heures*. Jean-Luc Godard prétendra le contraire, mais il en gardera pas mal d'éléments. Il s'agit d'entretenir sa légende d'improvisateur génial. Jean-Paul Belmondo confirme : « Deux jours avant de commencer, je n'avais rien, rien du tout. Enfin si, j'avais le bouquin et un certain nombre de décors, je savais que ça se passerait au bord de la mer et c'était à peu près tout. » Un scénario est bien là, pourtant, que le réalisateur délivre au compte-gouttes, ne s'interdisant pas d'y intégrer les surprises qui se présenteraient. Il venait de se séparer d'Anna Karina et la pellicule baigne dans un lumineux regret. C'est comme s'il la regardait s'éloigner. Quand on pense que le film avait failli se faire avec Sylvie Vartan. Richard Burton avait aussi été envisagé, finalement écarté parce que « trop hollywoodien ».

« Vers le Sud », tel est le mot d'ordre. Alors le héros fuit son mariage bourgeois avec la baby-sitter. Il a été viré de la télévision, sa femme l'ennuie, avec ses cocktails où les mondains ne s'expriment que par slogans publicitaires. « On vit un peu trop dans un monde d'abrutis », constate-t-il. Même la présence de Samuel Fuller, whisky à la main, ne suffit pas à l'amadouer. L'Américain, qui est à Paris pour une adaptation des *Fleurs du mal*, lui fournit sa définition du cinéma : « L'amour, la haine, l'action, la violence, la mort. En un mot : l'émotion. »

La leçon sera retenue. Ferdinand Griffon file avec Marianne Renoir qui fut son premier amour. Ils dorment dans un appartement en travaux où gît un cadavre avec une paire de ciseaux plantée dans la nuque. Un polar et un revolver trônent sur la table de chevet. Il est question d'un frère, de trafic d'armes. On n'en saura guère plus. « J'aime pas parler de moi, je vous dis », lâche Karina.

Les deux personnages quittent la capitale au volant d'une 404 couleur prune. En chemin, Belmondo assomme trois pompistes. Il appuie sur le champignon. « Faut se décider. Où on va ? » « On dit Nice. Et peut-être après l'Italie. » Elle le surnomme Pierrot, ce qui l'agace (« J'm'appelle Ferdinand »). La police est à leurs trousses. Des gangsters les poursuivent. « Nous traversâmes la France. Comme des apparences. Comme un miroir », précise une voix off. Le couple incendie son véhicule le long de la nationale (« Les voyages forment la jeunesse », dit-il en abandonnant la carcasse en flammes), franchit la Durance à pied, vole une Ford Galaxy décapotable (elle terminera son trajet dans les vagues). Ils regagnent le rivage leurs valises sur la tête, comme des naufragés. Il délaisse son costume-cravate. Elle se retrouve en tenue kaki de l'armée américaine. Ils lisent *Nice-Matin* et *Les Pieds Nickelés*.

« Y a qu'à s'arrêter n'importe où. » Ce sera Porquerolles. Il tire à l'arc, conduit un tracteur, imite la voix de Michel Simon. Elle se promène sur la plage de Notre-Dame en répétant le fameux « Qu'est-ce que j'peux faire? J'sais pas quoi faire. » Ils dorment en chiens de fusil sur un matelas d'algues, jouent aux enfants du Capitaine Grant. Clope au bec, il tient son journal intime, assis dans un fauteuil, un perroquet bleu sur l'épaule (on reconnaît l'écriture de Godard). Elle décide de ne plus jamais tomber amoureuse. « Je trouve ça dégoûtant. » Elle aime « les films, les animaux, le bleu du ciel, le bruit de la musique. Tout. » Il lui répond : « L'ambition, l'espoir, le mouvement des choses, l'accident. Un tout. » Cette Marianne a des caprices. Elle veut aller à Chicago, Las Vegas, Monte-Carlo. Il préfère Florence, Venise, Athènes. L'incompréhension devient totale. Elle le mène en bateau, dans tous les sens du terme. « Je ne sais pas pourquoi, je commence à sentir l'odeur de la mort. » À la fin, déçu, trahi, Ferdinand se peinturlure le visage en bleu, s'entoure le crâne de bâtons de dynamite. Ses derniers mots seront : « Après tout, je suis idiot. » Trop tard pour éteindre la mèche.

Voilà du concentré de Godard. Il y a ses tics, ses trouvailles, sa folie des citations (Joyce, Céline, Rimbaud, Chandler). Il ne peut pas s'empêcher d'insérer reproductions de tableaux (Renoir, Picasso), calembours, argot de titi parisien, pirouettes, : « Allons-y, alonzo », « Les hommes, c'est kif-kif », « J'te crois, menteuse ». Belmondo lit Elie Faure dans son bain. Il s'adresse au spectateur, comme dans *À bout de souffle*. On l'étouffe avec un linge humide, comme dans *Le Petit Soldat*. Godard récite Godard. On le lui pardonne bien volontiers.

L'imprévu s'invite. Tiens, une princesse libanaise en exil sur son yacht. Mais c'est Raymond Devos déclinant un de ses sketchs sur un embarcadère en plein mistral. Un numéro de chorégraphie sur le sable arrive n'importe comment. La politique pointe le bout du nez. Belmondo mime devant des marins US une attaque au napalm avec une pochette d'allumettes. Il prend un horrible accent texan. Elle se grime en poupée indochinoise, dessine à la craie un portrait de Mao sur un ponton. Il veut écrire un roman – cette vieille tentation de la nouvelle vague pour la littérature. La poésie n'est pas absente. « Ah, quel terrible cinq heures du soir ! »

On est sur la presqu'île de Giens, dans les environs de Toulon où les protagonistes descendent au *Little Palace Hotel*. Au *Dancing de la Marquise*, sur la plage de l'Ayguade, près d'Hyères, une cliente twiste devant le juke-box. Il pilote une Alfa Romeo. Elle trimballe un chiot en peluche. Ils arrivent au garage des Maures à Gonfaron. « On dirait un décor de *Pépé le Moko*. » Toujours des références. Lorsqu'il recherche Marianne, il demande « une jeune femme façon Hollywood en technicolor ». *Pierrot le Fou* a les couleurs du temps. Où est le bar *Las Vegas* ? Quelle est l'adresse du restaurant *Le Petit Venise* ? Comment oublier la musique d'Antoine Duhamel, les chansons de Rezvani (« Ma ligne de chance », « Jamais tu ne m'as promis de m'adorer toute la vie ») ?

Romantisme pas mort. Ce road-movie est un film d'amour. Tout cela donne des envies de Var, de pins parasols, de décapotables, de petites robes rouges achetées au

Prisunic. Ces vingt-sept séquences ont nécessité huit semaines de tournage. Ce fut un bel été 65. À sa sortie, *Pierrot le Fou* fut interdit aux moins de 18 ans pour « anarchisme moral ». Aragon le trouva « d'une beauté surhumaine ». Il ne faut peut-être pas exagérer. Ce lyrisme communiste ! Il paraît que Godard ne revoit jamais ses premiers films. Il a tort.

Vacances incorrectes

Précaution élémentaire : un mot de passe sera requis à l'entrée du domaine. Les inscrits au stage useront d'un pseudonyme. À l'intérieur, les réseaux sociaux seront prohibés. Au restaurant, il sera permis de fumer. À la carte, il y aura, entre autres, de la cervelle d'agneau au beurre noir. Le gras aura droit de cité dans de nombreux plats. Les desserts ne lésineront pas sur le sucre. Le sommelier déconseillera les vins biodynamiques. Le soir, on organisera des projections *d'American Beauty* qui révéla Kevin Spacey. Une séance spéciale sera consacrée à *Tout l'argent du monde* dans la version avec l'acteur blacklisté dont toutes les séquences avaient été retournées avec Christopher Plummer. Les cinéphiles nostalgiques auront l'occasion de revoir dans la foulée *Calmos, Lacombe Lucien, Portier de nuit, La Grande Bouffe.* Dans la bibliothèque, les curieux retrouveront les ouvrages de Gabriel Matzneff retirés de la vente. Les rayonnages contiendront les titres de Marc-Édouard Nabe. Un circuit automobile sans limitation de vitesse sera à la disposition des membres du club. Aucun véhicule hybride dans le garage. Les motos se piloteront sans casque. L'écriture inclusive sera prohibée des prospectus détaillant les diverses activités. Ultime précaution : il est évident que l'adresse doit rester secrète et que l'absence d'Alice Coffin et de Sandrine Rousseau en ces lieux est garantie. Toute personne intéressée pourra contacter l'auteur de ces lignes qui fera suivre. Mais chut !

Relais de Poste

Vue d'en haut, la route doit ressembler à celle qu'on voit au début de *Shining*. Il faut atterrir à Zurich et prendre une voiture. Direction le Vorarlberg. Le bitume en lacets sinue dans les montagnes du Tyrol. De sombres tunnels alternent avec des zones éblouissantes. Par la vitre, des pics enneigés (nous sommes au début du printemps), des falaises abruptes. L'Autriche est un songe. Arrivé à Lech, ce petit bourg où des fermiers s'étaient installés il y a des siècles, on quitte Stanley Kubrick pour *La Mélodie du bonheur*. Le temps s'est arrêté. Au *Post*, les serveuses sont toujours habillées comme Julie Andrews dans le film de Robert Wise. Dépaysement garanti. Le barman, en gilet vert et nœud papillon, a un faux air du photographe Peter Beard. On arrive et le premier verre se sirote au son de la B.O. du *Casse*. Drôle d'impression de se retrouver dans *Retour vers le futur*. Le lecteur nous excusera pour toutes ces références cinématographiques, mais elles s'imposent dans cet endroit hors du temps.

À Lech, la réalité a assez peu droit de cité. La parenthèse s'enchante d'elle-même. Le matin, quand on ouvre les rideaux du *Gasthof Post*, la lumière du soleil est toute neuve. L'air pétille comme du soda. C'est l'heure des promeneurs de chiens. Des calèches sillonnent le village. Cet ancien relais de poste constitue un repaire d'habitués. Les clients sont comme à la maison. Dans l'ascenseur, juste avant le dîner, on croise un jeune père de famille en culotte de peau traditionnelle. Les gens se disent bonjour.

Cette politesse démodée a de quoi déconcerter les Français habitués à une solide indifférence de leurs contemporains. Le siècle vingt et unième se tient sagement à l'écart de cet établissement où un bouquetin empaillé trône dans le hall, avec ses longues cornes brunes. C'est d'un reposant. L'intérieur, pierre et boiseries, est celui d'un chalet confortable. Le personnel est aux petits soins. Quand il constate que vous ne parlez pas allemand, il s'adresse à vous aussitôt en anglais. Les chiens sont acceptés. « Ils font partie de la famille », explique-t-on. Il n'y a pas que les animaux. Les enfants sont également chez eux. Ils ont leur piscine privée, avec un toboggan. Les parents se baignent dans le bassin extérieur, en forme de L, et dont l'eau atteint les 21 °C en plein hiver.

Autour, les sommets étirent leurs pentes vertes. Le spectacle donne le vertige. Un soir de la saison d'hiver, les amateurs d'art contemporain se rendront sur les pistes au *Skyscape* de l'Américain James Turrell. Il s'agit d'une sorte d'igloo en béton avec une ouverture sur le toit. La nuit tombe. La lumière change. Des couleurs surgissent. On est soudain ailleurs : dans le ciel, dans le noir, dans une dimension inédite. L'expérience laisse décontenancé, au bord de la sidération. La sagesse consiste à se remettre de ses émotions dans un des restaurants de l'hôtel. Les bouteilles d'eau minérale ont un goulot énorme. La famille Moossbruger, propriétaire des lieux, possède des vignobles. Il s'agit de profiter du riesling Tradition. Le velouté de pommes de terre s'impose au menu.

La truite fraîchement pêchée complète le tableau. Il n'est pas inutile de signaler que la cave comporte quatre mille bouteilles. Si l'on est tenté par la romanée-conti, on sera obligé de consommer sur place ce nectar exceptionnel. Le tarif du flacon n'est pas fourni. Par l'immense baie vitrée, on voit le crépuscule tomber. Cette montagne a quelque chose de magique. On ne tarde pas à comprendre pourquoi tant d'habitués reviennent régulièrement. La direction décerne des épingles d'honneur à ses vieux clients. Les esthètes essaieront d'attribuer les tableaux accrochés dans les couloirs à tel ou tel artiste.

C'est ici qu'on a tourné une bonne partie du film *Bridget Jones : l'âge de raison*. Le patron se souvient avec émotion d'une soirée arrosée avec Colin Firth. Avec le sourire, il rappelle que les scènes d'intérieur ont été reconstituées en studio. Dans la Kaiser suite, le décor n'est pas du cinéma. Un GPS est presque nécessaire pour ne pas se perdre dans cet appartement où les bibliothèques contiennent de vieux Wodehouse à la reliure rouge de chez Little Brown and Company, les inévitables John Grisham, un Henry Miller, *Middlesex*, de Jeffrey Eugenides et un exemplaire de Pearl Buck, ce qui ne nous rajeunit pas. Aucun auteur français sur les étagères, preuve d'un goût certain.

Une peau d'ours s'étale sur le parquet du salon. L'écran de télévision a la superficie d'un pont de porte-avions. La terrasse ouvre sur un panorama dont le grandiose n'est pas exclu. Demain, comme il y a encore de la neige quand nous découvrons l'endroit, on ira skier, randonner, respirer. L'oxygène est d'une qualité XXL. Ou alors rester paisiblement sur place, enfiler un peignoir blanc, profiter du hammam, s'offrir un soin du visage sans craindre d'expliquer ce qu'on désire en langue germanique.

Comment trouver le mot juste pour « gommage » ? Voilà sans doute le seul problème qu'on rencontrera durant son séjour. Le bonheur est peut-être une langue étrangère. Comment s'appelait ce plat de pâtes locales aussi copieux qu'étonnant, déjà ? Ah oui, Käsespätzle. Et ce dessert aux fruits rouges, servi dans une marmite en étain, c'était bien Kaiserschmarrn ?

Dans un roman écrit par un Américain qui se situerait ici, le héros tomberait par hasard sur sa première femme qu'il avait perdue de vue. Ils prendraient un verre – un Schloss Gobelsburg, tiens – sur le balcon en parlant du passé et en feuilletant le *New York Times* de la veille. Ils regarderaient le soir tomber, décideraient d'aller jouer au golf le lendemain et se demanderaient comment le temps avait pu passer si vite. Le fait est que pour évoquer un séjour au *Post*, il faudrait un écrivain hors pair. Cela ne court pas les rues. Il n'y a qu'à Lech qu'on peut croiser le dimanche un monsieur qui va à la messe en loden. Personnellement, cette chose-là ne nous était pas arrivée depuis les années 70 à Assas. Hors du temps, on vous dit.

7e Nanar

C'est fou ce qu'ils nous manquent. On veut nous en priver. Les nanars étaient nos ballons d'oxygène. Ils égayaient nos samedis soir, transformaient le cinéma français en troisième mi-temps. C'était gros. C'était gras. C'était bon. La 7e Compagnie errait dans un pays occupé. Les Charlots partaient pour l'Espagne. Le sérieux était interdit de séjour.

Les nanars avaient un avantage : contrairement aux chefs-d'œuvre, ils ne vieillissaient pas. Les revoir ne provoquait aucune lassitude. On s'y glissait chaque fois comme dans des charentaises. Leur je-m'enfoutisme revendiqué illuminait l'écran. Cette audace n'est plus de saison. Les réalisateurs avaient le sens des titres. Comment oublier l'inénarrable *On se calme et on boit frais à Saint-Tropez* ? On donnerait tout Olivier Assayas contre un seul Max Pécas.

Adieu nanars. On vous aura tant aimés. Vous avez disparu. Ces dinosaures sur pellicule devraient être conservés au musée. Une mue s'est effectuée sans qu'on y prenne garde.

Aujourd'hui, les nanars ont changé de style. Ils sont prétentieux et assommants. Bâillements garantis. *Libération* et les *Cahiers* leur offrent leur une. Trapenard les invite dans son émission. Oui, peut-être. Mais les samedis soir, les salles sont vides. Et il n'y a même plus d'esquimaux à l'entracte. Il ne reste plus qu'à s'endormir en récitant les noms de Pierre Tornade, de Jean Sarrus, de Philippe Clair. Les âmes bien nées compléteront la liste.

Jean d'Ormesson

Le facteur est passé. Sur le paillasson, il a déposé une grosse liasse de courriers en retard. « Des messages portés par les nuages », la formule est de Jean-Marie Rouart, qui résumait ainsi sa correspondance avec Jean d'Ormesson. Il y avait cette écriture au feutre bleu, ces lignes pas toujours horizontales qui avaient tendance à partir vers le haut à droite.

Les destinataires vont de Jean-Paul Aron à Marguerite Yourcenar. Le temps galope et le ton ne varie pas tellement. L'allégresse est là. Elle n'empêche pas le respect envers les aînés. Il arrive à Jean d'Ormesson d'être sérieux. Il lit tout. Il remercie. Il commente. Raymond Aron est apparu à la télévision. « Je n'aurais peut-être pas posé exactement les mêmes questions, mais qu'importe : on n'entendait que les réponses. » Il demande à Roger Caillois s'il a inventé le mot « longétifs », l'informe qu'il vient de refermer *Ada ou l'Ardeur* : « Nabokov connaît les papillons presque aussi bien que vous ! ».

L'importance qu'il accorde à Jules Romains n'est visiblement pas feinte. Il lui succédera quai de Conti. Ah, l'Académie ! Celle-là ! Elle revient sans cesse sur le tapis.

Il faut y entrer. Après, il s'agit de soutenir des candidats. Cela réclame des ruses de Sioux. On n'a pas oublié que d'Ormesson œuvra efficacement pour l'élection de Marguerite Yourcenar, première dame à siéger sous la Coupole. Cela fut un véritable gymkhana. Il doit convaincre ses confrères, ne pas essuyer un refus de la romancière qu'on sait, lui le premier, assez imbue de sa personne. Heureusement que des amis portent aussi l'habit vert. Auprès de Michel Déon, il soupire : « Tout est mis sur le même plan et on ne sait plus s'il est plus important de lire un bon livre ou de recevoir le prince Rainier » ou « Je suis comme toi un peu cassé par nos bons vieillards. Appelle-moi quand tu reviens et viens fumer un cigare pour que les autres n'en aient plus ». Entre eux, la complicité est palpable, sereine, évidente. Ils n'ont pas exagéré leur goût pour les bains de mer et les voyages. Ces billets sont autant de mains serrées, de conversations en longue distance. « C'est embêtant de ne nous voir que dans nos garderies du jeudi. »

Le naturel ne prend pas de congés. L'humour saupoudre les nouvelles du front. « Je lis peu, mais il m'arrive de relâcher mon inattention. » C'est comme ça qu'il découvre *Pour saluer Melville* de Giono, qu'il place Morand sur le podium en compagnie d'Aragon. « Qui ne voudrait avoir écrit *Parfaite de Saligny* ? » Détail important : chez Maurice Druon, il a bu un château la conseillante 1982 « à tomber ». Il ne mâche pas ses mots (« Sartre – encore plus que la pauvre Simone – était une ordure »). Les pirouettes abondent : « Jette les lettres –

y compris la mienne. Promène-toi. Refais-toi une santé. Tue des petites bêtes innocentes. » L'Unesco l'occupe. Il a attendu, mais le succès déboule enfin avec *La Gloire de l'Empire*, canular de normalien, exercice de haute voltige encyclopédique. C'est quand même rassurant. Les honneurs pleuvent. On lui propose la direction du *Figaro*. Il hésite, sollicite l'avis de Jacques de Lacretelle. « Ma thèse serait qu'on peut être conciliateur avec fermeté, qu'il faut être du parti de l'extrême modération. » La politique joue son rôle. Il souligne une phrase de Giscard dans ses *Mémoires* (« C'est pendant que j'étais président de la République que j'ai commencé à enlaidir »), se désole auprès de Balladur qu'il ne soit pas au second tour et félicite Chirac d'entrer à l'Élysée.

Avec François Nourissier, la relation est complexe, durable, intense. D'Ormesson en analyse les livres avec pénétration (« Ce que nous cherchons sans doute tous, c'est à fermer nos blessures et puis – surtout, surtout – à les laisser ouvertes. Alors, c'est la paix et la guerre, la solidité et les chimères, le bonheur et l'attente »). L'âge les soude ; les souvenirs ne leur manquent pas. Quelle mélancolie ! Elle surprend sous cette plume habituellement sautillante. « Voilà quelques années que nous nous connaissons, mon vieux François, et ni toi ni moi ne nous reconnaissons plus guère dans les glaces, dans les miroirs, dans les vitrines où nous nous croisons. Mais si chacun de nous ne se reconnaît plus, nous, maintenant, nous commençons à nous connaître l'un l'autre. » Pas étonnant que d'Ormesson émette ce souhait : « On écrira sur ma tombe : "Il eut des articles de F.N.". »

Les cadets l'intéressent. Philippe Delerm n'était pas publié que l'agrégé de philosophie l'assurait déjà de sa confiance et le poussait à continuer. Avec Stéphane Hoffmann, les blagues sont monnaie courante. Jean d'Ormesson est tout fier d'avoir été intronisé dans la confrérie des Beurrés nantais et que le garçon veuille créer un cocktail baptisé « le Jean d'O ». « Des jeunes femmes n'auraient même pas besoin d'avoir des amants. L'essentiel serait qu'elles boivent mon nom. » La recette n'est pas fournie.

À Jean-Marie Rouart, qui lui a adressé *La Femme de proie*, il assure : « On décorera l'héroïne de l'ordre des Arts et Lettres pour t'avoir fait tant souffrir. » On apprend que son tableau préféré était *Sur l'eau* de Manet. Gabriel Marcel a droit à son numéro de téléphone (il n'a pas changé). La gravité surgissait parfois : « Nous nous sommes beaucoup amusés avec l'incertitude. Peut-être serait-il temps de cultiver quelques certitudes. Choisissons-les avec soin » (à Jean Mauriac).

Voici un homme. Voilà un écrivain. Ils ont leurs défauts (menues intrigues, flatteries, ce qui est réconfortant). Ils nous parlent d'un temps où la littérature n'était pas encore une langue étrangère, où l'admiration n'était pas nécessairement nuisible. Le tout dans un style qui ne se contemplait pas le nombril, un naturel contrôlé, une façon unique d'être soi-même. Il est permis de regarder avec une certaine nostalgie ce dernier feu d'artifice, ces éclairs qui s'évanouissent dans la nuit. Une lettre d'amour à Nine de Montesquiou est à graver dans le marbre, à réciter sous les étoiles. « Il me semble qu'il ne reste de ma vie que quelques lignes et quelques visages de femmes », confiait-il à Alfred Fabre-Luce.

SOS dialoguistes

Il y a longtemps que le cinéma ne nous donne plus de ces répliques qui restent en tête, que les écoliers se répètent dans la cour de récréation, que les convives récitent par cœur aux dîners. Que se passe-t-il ? Les stylos sont à sec, l'imagination lessivée.

Rendez-nous des « gueules d'atmosphère », des « bizarre vous avez dit bizarre », des « Polonaises qui en prenaient au petit déjeuner ». Les demoiselles ne se demandent plus ce que veut dire dégueulasse avec leur accent américain.

Ces mots de passe manquent cruellement. On se sentait complices. Les phrases en question entraient dans le langage courant. Un problème surgissait avec quelqu'un ? Il suffisait de lui faire une offre qu'il ne pouvait pas refuser. Autre solution : il va falloir un bateau plus gros. Il était permis d'adorer l'odeur du napalm au petit matin, de crier « Attica ! » pour signaler son désaccord. Les romantiques retenaient le compliment « T'as de beaux yeux, tu sais ». Les goujats haussaient les épaules en accompagnant le geste d'un « Franchement, ma chère, je m'en fiche complètement ».

L'arsenal était inépuisable. Il s'est tari. La vie ressemblait à une séquence de film. Maintenant, elle bégaie. On nous a bousillé tout ça. Il ne nous reste qu'à attendre Patrick. Quel dommage ! C'était du brutal. Heureusement, nous sommes trop vieux pour ces conneries. Okaaaayyyyy ?

Billy Wilder

Personne n'est parfait. Billy Wilder est mort le 27 mars 2002. L'auteur de *Sunset Boulevard* avait eu six Oscars, mais il était surtout fier d'avoir inspiré deux définitions dans les mots croisés du *New York Times*. Son sens de la repartie était légendaire. Cynique, lui ? « Mais, si je suis cynique, quel adjectif utilisez-vous pour les films de Peckinpah ? »

Il a tout fait. Il est né en Pologne en 1906, est parti pour Vienne, puis Berlin. Il a été journaliste, se vantait d'avoir interviewé dans la même journée de 1925 Arthur Schnitzler, Richard Strauss, le psychanalyste Albert Adler et Sigmund Freud (en réalité, l'éminent barbu l'avait fichu à la porte). Sa vérité était à géométrie variable. Il fut aussi danseur, plus ou moins gigolo. La fréquentation des prostituées était son quotidien.

Les événements historiques le poussèrent à embarquer pour les États-Unis sur l'*Aquitania*. Avoir laissé sa mère en Allemagne fut un de ses grands remords. Il n'eut plus jamais de ses nouvelles. Il lui devait beaucoup. Chaque matin, elle le réveillait ainsi : « Debout ! Écris des anecdotes ! » Cela ne tomba pas dans l'oreille d'un sourd.

Wilder a toujours regretté de ne pas avoir tué Hitler, croisé dans un cinéma en 1933. « Il m'a manqué deux choses. Le courage et un revolver. » On comprend qu'au début des années 1970 il ait voulu acheter les droits de *La Liste de Schindler*.

Baragouinant l'anglais avec son terrible accent, il creuse son trou à Hollywood, collabore à des tas de scénarios. Quand il passe derrière la caméra pour *Uniformes et jupons courts* (1942), il est terrifié. Son mentor, Ernst Lubitsch, le réconforte : « J'ai dirigé cinquante films et je fais toujours dans mon froc le premier jour. »

C'était parti. Wilder tâta de tous les genres. « Je ne peux pas porter tous le temps le même costume et la même cravate. » Il filme sur place les ruines du nazisme dans *La Scandaleuse de Berlin*. Il reviendra là-bas pour *Un, deux, trois*, dont Kennedy avait demandé à lire le script par crainte que ce dernier n'amplifie la guerre froide. Wilder ne céda pas à la requête du président. C'était quelqu'un qui ne se laissait pas marcher sur les pieds. Darryl Zanuck lui proposa de travailler pour la Fox. La réponse ne traîna pas, sous forme de télégramme : « Plus vite les bulldozers raseront votre studio, mieux ce sera pour l'industrie. » Wilder conseilla aussi à Louis B. Mayer, qui n'avait pas aimé *Sunset Boulevard*, d'aller se faire foutre. Dans son bureau, Wilder avait affiché ce carton : « Comment aurait fait Lubitsch ? » Pour lui, une blague était « une épitaphe sur une émotion ». Un humour ravageur régissait ses rapports.

Sur les plateaux, il était intraitable. Pas question pour les acteurs de changer une virgule. Certains en gardaient un souvenir cuisant. Pour Marthe Keller, *Fedora* fut un cauchemar. Peter Sellers eut un infarctus sur *Embrasse-moi, idiot.* Idem pour Walter Matthau sur *La Grande Combine.* Sur le tournage de *La Vie privée de Sherlock Holmes*, Robert Stevens fit une tentative de suicide. Jack Lemmon avait baptisé Wilder « le général prussien ». William Holden le comparait à « un esprit rempli de lames Gillette ». Marilyn, quant à elle, se signalait par ses retards à répétition. Le réalisateur pardonnait à la pauvre Sugar Kane de *Certains l'aiment chaud.* « J'ai une tante Ida à Vienne qui est toujours à l'heure, mais je ne la mettrais pas dans un film. » On lui reproche sa cruauté ? « Je n'ai jamais rien dit de cruel. J'ai même eu des mots aimables pour Hitler. Comment pourrais-je aller plus loin ? »

Sa carrière fut en montagnes russes. *Embrasse-moi, idiot* fut un désastre critique et public. On ne se moquait pas de l'Amérique profonde. Wilder et son scénariste en restèrent prostrés pendant des semaines : « Nous étions comme des parents qui avaient eu un enfant à deux têtes et qui n'osaient plus coucher ensemble. » Le producteur Hal Wallis considéra qu'*Irma la douce* était « le film le plus dégoûtant (qu'il ait) jamais vu sur un écran ». On le prétendait vulgaire, il était satirique. Ce ricaneur cachait un romantique. Dans ses films, il y a des écrivains alcooliques, des épouses dépressives et bovarysantes, des musiciens méconnus, des assureurs roublards (pléonasme), des filles légères, des politiciens corrompus, des reporters sans scrupule. Son œuvre déclenchait des rires et des larmes. Les dents grinçaient.

Wilder n'entretenait guère d'illusions sur le genre humain. Il décrivait les amitiés masculines, abordait de profil l'homosexualité, critiquait les défauts du capitalisme, dévoilait les dessous du cinéma. Pendant le maccarthysme, ce libéral soutint les « Dix de Hollywood », que le comité des activités antiaméricaines soupçonnait d'être des « témoins hostiles » : « Deux d'entre eux ont du talent. Les autres sont simplement hostiles. » La *Wilder touch.*

Les vingt dernières années de sa vie, le système l'empêcha de tourner. Les projets s'accumulaient dans ses tiroirs : *Nue dans une Volkswagen*, un long-métrage sur le Pétomane. Il soumit à Universal une intrigue se déroulant dans le Paris du Moyen Âge. « Voyez-vous Stallone dans le rôle ? » lui rétorqua-t-on. Il était temps de tirer l'échelle. À son enterrement, sa veuve, Audrey, siffla un Martini et jeta le verre dans la tombe en lançant : « Tu étais peut-être un enfoiré, mais je ne me suis jamais ennuyée. » Il existe aussi de l'émotion sur une épitaphe.

Motif familial

Les familles se décomposent. Celles qui sont heureuses n'ont, paraît-il, pas d'histoire. Ça n'est pas si sûr. Il se passe toujours quelque chose.

La littérature regorge de maisons où tout le monde se retrouve l'été, de cousines qu'on affuble de surnoms, d'après-midi sur la plage où les serviettes se chevauchent, de grands-mères qui ne savent plus combien elles ont de petits-enfants. Les divorces ont détruit ce bon vieux romanesque. Le gâchis n'est peut-être pas un sujet – même pas de conversation.

L'argent de poche et les sorties animaient les rapports. Les anniversaires, les repas de Noël, les mariages et les enterrements, tout cela n'est plus de saison. Ces occasions permettaient de nouer des liens, de vérifier qui avait changé, de parier sur qui avait subi un lifting (en général, ceux qui le niaient vigoureusement). Des pièces rapportées disparaissaient. Il ne fallait pas commettre de gaffes.

Cela donnait d'amples sagas en caractères d'imprimerie. Des titres de Druon, de Martin du Gard, de Duhamel (Georges ! ouh là) sautent à la mémoire. À l'écran, cela donne les films de Wes Anderson ou d'Arnaud Desplechin.

Les Tenenbaum ressemblent à des personnages de Salinger, et Deneuve quitte la table en plein réveillon pour aller fumer une cigarette dehors. Il y a l'emmerdeur de service, le raté, la tête à claques et le foutraque. Au moins l'ennui est interdit de séjour. Cela fait des souvenirs pour mille ans. On n'en demandait pas tant.

Ava Gardner

Elle ne les fait pas. Ava Gardner est centenaire. Le père Noël s'était bien débrouillé : elle était née un soir de 24 décembre. Dans la vie, elle enlevait ses chaussures dès qu'elle avait trop bu. À l'écran, elle était la *Comtesse aux pieds nus*. Le terme « déesse » semblait avoir été inventé pour cette grande fille toute simple qui mâchait du chewing-gum, mais pas ses mots. « Il y a toujours quelque chose à faire dans un lit », disait celle qui fut l'épouse de Mickey Rooney, Artie Shaw et Frank Sinatra. Fièrement, elle avait calculé que ces trois-là avaient comptabilisé vingt mariages en tout. Dès qu'elle apparaissait, les têtes tournaient. Ces têtes appartenaient à Burt Lancaster, James Mason, Humphrey Bogart, Richard Burton. Dans *Les Tueurs*, elle s'accoude à un piano et c'est fichu pour le boxeur qui la regarde. Chez Mankiewicz, elle danse le flamenco devant un écrivain américain. Dans *Mogambo*, même les éléphants ne lui résistaient pas. En version restaurée, *Pandora* brille toujours de mille feux et le soleil de la Costa Brava n'est pas le seul responsable.

Dans une Espagne de carte postale, Albert Lewin filme l'amour impossible entre une femme fatale et la réincarnation du Hollandais volant. La chanteuse américaine traîne tous les cœurs après elle, provoque le suicide d'un alcoolique, pousse un coureur automobile à jeter son bolide du haut d'une falaise. Ils veulent tous l'épouser.

Au bar *Las dos Tortugas*, le vin coule à flots. Le flamenco rythme les soirées. Un voilier jette l'ancre dans la baie. Le pilote bat des records de vitesse – 400 kilomètres heure – sur la plage de Tossa de Mar, rebaptisé ici Esperanza. Un torero affronte son destin dans les arènes. James Mason, impassible, attend la sentence du destin. Le technicolor éclabousse l'écran. Les sentiments virevoltent au son des castagnettes. On ne fait pas plus kitsch. La tragédie enfile ses habits de lumière.

Ava Gardner téléphonait toutes les nuits à Frank Sinatra. Le matador Mario Cabre lui écrivait des poèmes. L'actrice ne succomba guère à ses avances (une fois, à tout casser), ce qui ne fut pas le cas, plus tard, avec Dominguin, autre vedette de corrida. La MGM envisagea même de se lancer dans un film sur une liaison entre une comédienne célèbre et un torero. Les essais avec Cabre furent tout sauf concluants. Commentaire des producteurs : « Il vaudrait mieux engager le taureau, on aurait une meilleure interprétation. »

Pandora est un chef-d'œuvre où l'on danse le charleston au milieu de statues, où l'on entend une chanson dont les paroles sont de Dorothy Parker et où il y a Ava Gardner sous toutes les coutures, avec son crawl athlétique, ses tenues insensées et ses reparties cinglantes. « Al, pensez-vous que je pourrais aller aux toilettes après la quatre-vingtième prise ? », demanda-t-elle à un Albert Lewin beaucoup trop perfectionniste à son goût. Ça n'est rien à côté de ce qu'elle balança à Cardiff le premier jour : « Jack, je me fais une joie de travailler avec vous : il faut faire très attention à la façon dont vous m'éclairez quand j'ai mes règles. » Ava, quoi. Elle traitait son métier par-dessus la jambe, préférait l'alcool et les toreros. À Madrid, sa villa s'appelait *La Sorcière*. Elle finit ses jours à Londres, entre gin et mélancolie.

Fashion week

Sur une couverture de la revue *Schnock*, Jean Rochefort porte le fameux peignoir bordeaux à rayures d'*Un éléphant ça trompe énormément.* On vérifie par là que si l'habit fait le moine, le costume fait aussi l'acteur.

À l'écran, les tenues ont leur mot à dire. Que seraient les westerns-spaghetti sans le poncho de Clint Eastwood ? Les cinéphiles de 1972 ont couru les boutiques pour mettre la main sur le pardessus en poil de chameau de Brando dans *Le Dernier Tango à Paris.* Problème : Delon enfilait à peu près le même dans *Le Professeur.* À une époque, les demoiselles voulaient s'habiller comme la *Annie Hall* de Woody Allen, gilet plus cravate. Se glisser dans la robe échancrée de Mireille Darc dans *Le Grand Blond* exigeait une descente de reins sculpturale. Le béret posé de travers qu'arborait Faye Dunaway dans *Bonnie and Clyde* était un accessoire plus simple. Les chapeaux ont eu leur heure de gloire. Le Piccoli du *Mépris* prenait son bain avec le sien. Le voyou d'*Orange mécanique* vissait un melon sur son crâne avant de commettre ses forfaits.

Pour les imperméables, cela se bousculait. Un trench, et vous voilà soudain héros de film noir. Il fallait surtout éviter les cols pelle à tarte de Travolta dans *La Fièvre du samedi soir.* Mieux valait se rabattre sur la veste en tweed de Redford dans *Les Trois Jours du Condor.* Quant à la dépouille de *Peau d'âne,* depuis Corinne Masiero elle est carrément démonétisée. Hi han.

Mike Nichols

« Que faites-vous quand une femme vous repousse?
— Que voulez-vous dire? »

Et voilà comment Robert Redford a raté le rôle de Benjamin Braddock dans *Le Lauréat.* On devine que la réponse de Dustin Hoffman à Mike Nichols fut moins flambarde. S'il avait écrit ses Mémoires, le réalisateur les aurait intitulées *Le Mauvais Juif.* Le gamin, qui n'a appris que deux phrases d'anglais (« Je ne parle pas anglais » et « S'il vous plaît, ne m'embrassez pas ») fuit l'Europe pour rejoindre son père à New York. Il découvre les Rice Crispies et le Coca-Cola. « Nous n'avions jamais eu de nourriture qui faisait du bruit. » Enfant, une allergie à un vaccin lui a fait perdre ses cheveux. Il portera tout le temps une perruque. « Ça me prend trois heures chaque matin pour devenir Mike Nichols. »

Après avoir exercé un tas de petits boulots, il monte sur les planches avec Elaine May. Leur duo tordant affiche complet. La mise en scène l'attire. Les pièces de Neil Simon (*Pieds nus dans le parc*) lui doivent beaucoup. *Qui a peur de Virginia Woolf?* (1966), avec Elizabeth Taylor et Richard Burton qui se déchirent une nuit durant en noir et blanc, marque ses débuts derrière la caméra. Le couple est alors si célèbre que la Warner distribue à l'équipe un manuel intitulé *Comment se comporter avec les Burton* (en gros, le mieux est de ne jamais leur adresser la parole). L'acteur shakespearien dira du cinéaste : « Il conspire avec vous plutôt qu'il ne vous dirige. »

Le Lauréat (1967) propulse Nichols au firmament du succès. Il obtient l'Oscar de meilleur metteur en scène et lance la carrière de Dustin Hoffman en nigaud qui succombe aux charmes de sa future belle-mère, la sulfureuse, la séduisante Anne Bancroft, qui n'avait pourtant que six ans de plus que son partenaire. Simon et Garfunkel avaient enregistré une chanson, « Mrs. Roosevelt ». Elle fut rebaptisée « Mrs. Robinson ». On connaît la suite. « Coo, coo, ca-choo », le refrain reste dans toutes les mémoires. C'est ensuite *Ce plaisir qu'on dit charnel* (1971), avec un Jack Nicholson cynique et macho, long-métrage qui a été pillé par une longue liste de successeurs. Nichols fréquente le gratin, possède un appartement sur Central Park, un domaine dans le Connecticut, collectionne les pur-sang arabes. Ses amis s'appellent Leonard Bernstein, Richard Avedon, Jacqueline Kennedy. Sa fortune est telle qu'il envisagera de racheter le vignoble Haut-Brion.

C'est un garçon doué et curieux qui ne s'est jamais remis d'avoir vu *Un tramway nommé Désir* avec Marlon Brando. Pour lui, le cinéma se confond avec une métaphore. Il a monté *En attendant Godot* avec Robin Williams et Steve Martin, un peu comme si quelqu'un avait engagé Pierre Richard et de Funès pour jouer Duras. Sa carrière a eu des hauts et des bas. *Catch 22*, comédie antimilitariste, sort au même moment que *Mash*, de Robert Altman, palme d'or à Cannes. Il a signé le remake de *La Cage aux folles* et été aux manettes de la série *Angels in America*. Il a refusé *Le Choix de Sophie*, s'imaginant mal en train de lancer : « OK, tous les Juifs caméra gauche. Les SS à droite. » Il cultivait la vitesse et l'élégance. Sa devise était simple : « Si on peut couper, on doit couper. » L'humour était son viatique, avec une lucidité certaine : « Vouloir faire de l'art au cinéma, c'est comme jouer Mozart à l'harmonica. »

Ce fumeur compulsif aura eu des crises cardiaques, des pontages, se sera marié quatre fois. Il y eut un gala pour lui au Lincoln Center en 1999. Dustin Hoffman n'était pas là. « C'est comme si le monstre ne se montrait pas à un hommage au Dr Frankenstein. » Le soir de sa mort, en 2014, les théâtres de Broadway baissèrent leurs lumières en son honneur. À son enterrement, Paul Simon attrapa sa guitare et entonna « Mrs. Robinson ». Évidemment.

Jouer tue

Il faudrait un avertissement, comme dans les publicités pour l'alcool. Le cinéma tue. La jeunesse n'y dure pas. Le danger guette. La gloire n'est pas une armure. Un film qui marche, et les têtes tombent.

James Dean disparaît sur la route de Salinas, au volant de sa Porsche Spyder. Quittant Saint-Tropez, la Renault 10 de Françoise Dorléac n'atteindra jamais l'aéroport de Nice. Une nuit, Pierre Blaise, qui fut le Lacombe Lucien de Louis Malle, percuta un platane avec sa Renault 17 aux alentours de Moissac. Madeleine Desdevises, la petite héroïne de *La Drôlesse*, succombe à une leucémie peu après son quinzième anniversaire. Parfois, la célébrité s'accompagne d'un bruit de tôle froissée. Peut-être que l'homme n'est pas fait pour être connu par davantage de gens qu'il n'en connaît. Cela agace les dieux.

À 23 ans, River Phoenix s'effondre devant le *Viper Room*, boîte appartenant à Johnny Depp. Overdose. L'inoubliable interprète du Joker, Heath Ledger, succombe pour les mêmes raisons. La route du 7ᵉ art est peuplée d'étranges cadavres. Souvent, c'est le malheur qui rédigeait les sous-titres. Gaspard Ulliel emprunta la mauvaise piste bleue. Marilyn mélangeait trop de médicaments. Quant à Oliver Reed, il s'écroula à la sortie d'un pub à Malte où il jouait dans *Gladiator*. À l'ancienne. À l'anglaise. La bière avait coulé à flots. La dernière tournée était pour lui.

David Niven

Quand Irene Dunne annonça qu'il avait l'oscar pour son rôle dans *Tables séparées*, David Niven courut dans l'allée, rata une marche et s'étala de tout son long sur la scène. Excuse de l'intéressé : « Il faut que je me dépêche avant qu'elle change d'avis. » L'anecdote donne le ton.

Niven est un homme pressé. Sourcil relevé, moustache d'aristocrate, sourire en coin, œil pétillant, il était l'élégance personnifiée. Cela ne l'empêchait pas d'avoir fait les quatre cents coups. Évidemment, il est renvoyé de tous les collèges, préfère s'engager dans l'armée. Il rêvait de la marine, il obtiendra l'infanterie. À Malte, il sème la pagaille dans sa garnison, profite de ses permissions, se saoule avec ses troupes, goûte aux joies de la prison, offre du whisky au geôlier et s'évade. Les visites au bordel constituent sa récréation. Il est invité à un grand dîner chez un colonel qui ne lui adresse pas la parole du repas, sauf pour lui glisser soudain : « J'ai baisé des femmes de toutes les nationalités, et la plupart des animaux, mais il y a une chose que je ne peux pas supporter, c'est une fille qui a l'accent de Glasgow. Passez le porto. » Ambiance. À Londres, le jeune homme fraternise (euphémisme) avec une prostituée qui lui enseigne quelques rudiments de la vie. La dame disparaîtra sans laisser d'adresse, à peine de menus regrets.

Direction les États-Unis. Au cours de la traversée Southampton-New York, il sympathise avec un passager et décide de boire les couleurs des drapeaux de tous les pays qu'il a visités. La Belgique réclama des trésors d'imagination. « Noir, jaune et rouge. Une bière brune servit de fondation à une chartreuse jaune et au bourgogne. » On voit qu'il avait de la ressource. Il lui en fallut pour devenir loueur de poneys, vendeur d'alcool et pour plagier sans vergogne des œuvres littéraires. Le théâtre l'attire. Britannique jusqu'au bout des ongles, sa première apparition à l'écran consista à jouer un Mexicain. Pourtant, au Bureau des distributions, sa fiche indiquait : « Type anglo-saxon numéro 2008. » Le nabab Jack Goldwyn, dont la devise était « Je suis trop cher pour les banques », lui signe un contrat. Entre eux, les rapports seront en dents de scie.

Niven, décédé à 73 ans en 1983, a connu l'âge d'or de Hollywood. Résumé de la situation : « Les scénaristes se saoulaient, les acteurs devenaient paranoïaques, les actrices enceintes, les réalisateurs impossibles. » Il fréquente la terre entière, pratique le golf, le tennis et la mondanité. La commère Elsa Maxwell lui recommande d'épouser une riche héritière. Lubitsch le prévient : « Personne ne devrait essayer de jouer la comédie à moins d'avoir un cirque intérieur qui joue en permanence. » Chaplin lui offre ce conseil : « Ne restez pas là planté bêtement, comme le font la plupart des acteurs, à attendre votre tour de parler. Apprenez à écouter. » Cela ne tomba pas dans l'oreille d'un sourd, si l'on en croit ses *Mémoires* qui rappellent, pour les passages sous l'uniforme, les *Mémoires* de Churchill, et pour le reste les romans de Wodehouse.

Ça n'est pas un hasard si Niven endossa le smoking de Bertie Wooster dans *Thank you, Jeeves*. Niven partage une maison avec Erroll Flynn, importe le ski nautique en Californie, aperçoit Garbo nue dans une piscine. Il lui demande pourquoi elle a arrêté le cinéma. Réponse : « J'ai fait assez de grimaces. » Les studios changent : « Le temps était venu de passer du chaos intégral à la simple confusion. » Son courage et son patriotisme l'inclinent à s'engager en 1939. Commentaire de Goldwyn : « Je vais télégraphier à Hitler pour lui demander de ne pas tirer sur vous. » Au retour, le comédien est un peu oublié. Cela ne durera pas. Son humour lui sert de cuirasse. « J'ai vécu près de vingt ans à Hollywood sans jamais aller voir un psychiatre. » L'exploit mérite d'être salué.

Il a été *Le Prisonnier* de Zenda, Edgar dans *Les Hauts de Hurlevent*, a figuré au générique des *Canons de Navarone* et de *La Panthère rose*. On l'a vu en James Bond dans *Casino Royale* et en *Cerveau* de Gérard Oury. Il a été le père de Jean Seberg dans *Bonjour tristesse*. Ses canines ont même dû pousser pour qu'il devienne *Dracula*.

Dans les souvenirs de David Niven, on croise Fitzgerald carburant au Coca-Cola, George Bernard disant : « La différence entre vous et moi, Mr. Goldwyn, c'est que vous, vous parlez d'art et que moi, je pense à l'argent. » On monte à bord du *Santana* de Bogart, se rend aux fêtes organisées par Randolph Hearst dans son domaine de San Simeon. Drôlerie constante (son fils de cinq mois « tomba sur la tête au milieu de Penn Station, ce qui explique peut-être qu'il soit devenu un brillant banquier »), accès de mélancolie (la mort de sa première épouse, George Sanders annonçant son suicide dès 1937), style impeccable. En prime, la recette du cocktail baptisé « Huîtres de la prairie » : jaune d'œuf, porto et worcestershire sauce.

Très Honoré

Comme les Indiens, les bons scénaristes sont les scénaristes morts. Balzac ne s'attendait pas à ça. On se l'arrache. Il est à l'affiche de deux films français. Marc Dugain s'attache à *Eugénie Grandet* et Xavier Giannoli se penche sur *Illusions perdues.*

Ce bon vieil Honoré. En son temps, il n'aurait pas eu l'avance sur recettes. Il écrivait trop. Cette boulimie ne plaît qu'à titre posthume. Quel bonheur de quitter la paix des bibliothèques pour se retrouver avec de saines couleurs sur les écrans !

Alors bienvenue à Saumur où des héritages déclenchent de solides passions. Lucien de Rubempré, de son côté, a oublié le sage précepte : il ne faudrait jamais quitter Angoulême. Le héros ignorait à l'époque que cette bonne ville de Charente abriterait un festival de cinéma.

Il y avait longtemps que des metteurs en scène n'avaient pas posé leurs pattes sur *La Comédie humaine.* Ils préféraient Duras. Ils avaient tort. Un auteur capable de résister à Jacques Rivette et à Raoul Ruiz ne saurait être négligé.

Pendant ce temps, Zola et Stendhal patientent dans les starting-blocks. « Et nous ? » lancent-ils à messieurs Pathé et Gaumont. Leur tour reviendra. Dernier détail : les projections de presse *d'Eugénie Grandet* ont eu lieu au Balzac, dans la rue du même nom. On espère que les producteurs l'ont fait exprès.

Patrice Leconte

Patrice Leconte est formel : il n'a jamais joué dans aucun de ses films. Cela n'empêche pas Wikipédia d'affirmer que dans *Tandem*, sur les écrans en 1987, il « apparaît dans le rôle d'un candidat malheureux sans être crédité au générique ». Encore un méfait d'internet. « Tout ça parce qu'un figurant me ressemble vaguement », dit-il. Ce point d'histoire étant réglé, il faut remettre ses pas dans ceux de Jean Rochefort et Gérard Jugnot sillonnant la France profonde à bord de leur Ford avec une grosse antenne sur le toit.

Chaque jour, ils présentent en direct « La Langue au chat », une émission de radio qui s'inspire du « Jeu des mille francs ». Lucien Jeunesse, l'inoxydable animateur de *France Inter*, l'avait très mal pris. « Rochefort a essayé de communiquer avec lui. Il n'y a pas eu moyen. » À l'écran, Michel Mortez a les cheveux gominés, porte des vestes en velours frappé bordeaux et des manteaux au col de fourrure. Il est ridicule et attachant, le genre à saluer une spectatrice d'un « chère petite madame ». Son assistant n'ose pas lui annoncer que les dirigeants de la station ont supprimé leur heure quotidienne de la grille des programmes. « C'est mon coscénariste Patrick Dewolf qui a eu cette idée du type viré à qui on ne le dit pas. Tout d'un coup, cette chronique s'est tendue d'une affaire… »

Le projet remonte à loin. Une première version a été écrite en 1981. « Ça s'appelait *Chers amis, bonjour*. Je suis provincial, de Tours. On écoutait "Le Jeu des mille francs". Gamin, j'ai envoyé des questions auxquelles les candidats ne savaient pas répondre. Il y en avait une sur l'adret et l'ubac », dit Patrice Leconte. Aujourd'hui, on n'a plus le droit de dire « province ». Le mot a été remplacé par « région », ce qui est moins poétique, moins Simenon. « J'aime ces gens qui sont un peu prestigieux, mais qui sont un peu rien non plus. J'ai toujours pensé à leurs soirées, ces hôtels de deuxième zone. Comment s'amuser à Saint-Maixent-l'École ? » poursuit-il.

Dans le film, le nom des villes où les protagonistes s'arrêtent est fictif. Le tournage, qui a duré sept semaines, a eu lieu à Orange, à Arles, dans un hypermarché près d'Avignon. Le casino est celui de Deauville. La décharge survolée par des milliers de mouettes se situe à côté de Marseille (« La scène a été entièrement improvisée par Rochefort. J'en avais les larmes aux yeux », se souvient Leconte).

Les deux compères roulent sur les autoroutes du Sud. Au volant, Jugnot croit voir un chien rouge aux yeux jaunes. Ils posent leurs valises à l'*Hôtel des Grands Hommes*, du *Chat Noir*, avec leurs chambres aux murs couverts de toile de Jouy. Ne pas oublier l'*Hôtel Guillaume le*

Conquérant, l'*Hôtel du Grand Cerf*. « On tournait au deuxième étage. On dormait au troisième. C'était un truc inouï », raconte le réalisateur. On installe le studio de fortune sur une place où trône le *Café des Négociants*. Une ville par jour. « On voyage. On voit du pays », clame le héros. On fait rouvrir les restaurants ; on a droit à la dernière part de tarte. Le blues se soigne à coups de whisky. « Je suis un seigneur, moi ! » On a sa fierté. 18 803 candidats, 94 203 questions. Des fans veulent le prendre en photo. Un pompiste qualifie Rochefort de « ringard de la radio ».

Leconte filmait des rêveurs, des adultes grandis trop vite. Rochefort demande un cognac au veilleur de nuit qui lui parle des Dardanelles et qui accessoirement lui propose « une petite pipe ». Le métier a ses imprévus. Une divorcée le raccompagne. Il n'ose pas lui avouer qu'il n'est pas descendu dans un trois étoiles. Il a de saines colères, veut interdire le port du survêtement, peste contre les pique-niqueurs au bord des nationales (« C'est pas possible d'être aussi con »), les traite de « Français ! ». On pense soudain à une séquence des *Vitelloni*. « Ce qui est bien, avec les films, c'est que ça sert d'exutoire », confie Leconte.

Rochefort perd à la roulette, se saoule autour des tapis verts. « Des plaques ! Donnez-moi des plaques ! » hurle-t-il aux croupiers avec la détresse shakespearienne de Richard III réclamant : « Mon royaume pour un cheval. » À un dîner, un notable lui a préparé toute une série de colles. Il sèche, avec un sourire contraint.

Pauvre Mortez. En réalité, il s'appelle Morteau, ce qui est moins exotique. Il a publié un livre de souvenirs (« Cette merde ! »). Des journalistes balbutiants l'interviewent au petit déjeuner. Il téléphone régulièrement à sa femme restée à Paris. Ses roucoulements sonnent faux. Il en rajoute.

Rochefort se roule dans ce personnage de hâbleur comme dans un édredon. L'œil frise, la voix s'élève jusqu'au plafond. Son public l'entend encenser cette bourgade « nichée au cœur des collines du Perche », déclencher le compte à rebours (« Top chrono »). Dans ces paysages d'aires de repos, de villages endormis, le brave Jugnot, avec les nerfs à vif d'un suricate, se démène pour que la mauvaise nouvelle ne lui parvienne surtout pas. Le désenchantement se berce d'une chanson de Richard Cocciante. « Je rêvais d'avoir une chanson d'amour, une voix rauque, quelqu'un malheureux d'aimer. » « Il mio rifugio » trotte longtemps dans la tête. À la fin, Rochefort s'offre la nouvelle CX. « Avec vitres électriques. » Il est tout content.

Pour Leconte, le tournage a été « lumineux ». « J'ai toujours aimé le bitume et les routes, les perspectives, les lignes de fuite qu'on nous apprenait en cours de dessin. » Les retrouvailles avec Jean Rochefort, qui avait été odieux avec le jeune réalisateur sur *Les Vécés étaient fermés de l'intérieur*, se sont déroulées sans anicroches. « Il ne l'a jamais vraiment su, mais la cicatrice ne s'est jamais refermée. » Sept films ensemble, quand même. Jugnot est méconnaissable. « Je lui rase sa moustache.

Je lui rajoute une perruque. Et si tu mettais des lunettes ? Il m'a répondu : "À ce point-là, autant que tu le joues toi-même." »

Le succès n'a pas été au rendez-vous. « Les critiques ont été magnifiques. Avec, vous savez, la célèbre formule : "Bienvenue dans la cour des grands". » *Tandem* a eu une brochette de nominations aux César. Résultat : rien, sauf le César de la meilleure affiche. « Dire que c'était moi qui avais dit à Georges Cravenne de le créer pour se démarquer des Oscars… » dit Leconte.

Aujourd'hui, le César de l'affiche n'existe plus. « Le Jeu des mille francs » a été rebaptisé « Le Jeu des mille euros ». Le film est toujours là, intact. Il est devenu culte. Patrice Leconte a signé une pièce de théâtre, *The Canapé.* Il est repassé derrière la caméra pour *Maigret et la jeune morte.* On revient à Simenon. Le moyen de faire autrement ?

All inclusive

C'est une honte. Simenon ignorait l'écriture inclusive. Il n'aurait jamais pu intégrer Sciences Po. Maigret parlait un français pépère, direct, ce qui lui permettait d'être clair et d'arrêter celles et ceux qui avaient commis un meurtre. Cet ensauvagement de la langue ne l'aurait guère perturbé. Il aurait continué à tirer sur sa pipe (sur le boulevard Richard-Lenoir) et à commander une pression au comptoir (à consommer avec modération). Le commissaire a la figure de Gérard Depardieu. Patrice Leconte a tourné *Maigret et la jeune morte.* Il sait se débrouiller. Le réalisateur, qui n'est pas manchot, a déjà adapté *Les Fiançailles de M. Hire* avec grâce et talent.

Ah, Depardieu ! Celui-là ! comme on dit en hochant la tête de perplexité. On n'en revient pas qu'il existe. Il règne sur le cinéma français. Il n'a rien fait pour. Il est tombé dedans comme Obélix dans la marmite de potion magique. Il faut se souvenir de son apparition dans *Les Valseuses,* du duo qu'il formait avec Patrick Dewaere : on n'avait jamais vu ça. D'ailleurs, on ne le reverra plus. Ces loubards au vocabulaire imagé et aux mœurs sans complexes seraient interdits de séjour sur les écrans. Les producteurs auraient pris la poudre d'escampette, les chaînes de télévision se seraient inscrites aux abonnés absents. Les dents grincent. Bertrand Blier pratiquait l'écriture exclusive. Heureux homme.

Joan Didion

Cela ne s'invente pas. Joan Didion avait appris à taper à la machine en recopiant des chapitres entiers de Hemingway. Apparemment, la méthode avait du bon. Elle était une styliste hors pair, à la prose affûtée. Aux États-Unis, elle faisait figure d'icône. Bret Easton Ellis l'admirait. Greta Gerwig avait placé une de ses formules en exergue de son premier film, *Ladybird* : « Quiconque parle de l'hédonisme californien n'a jamais passé un Noël à Sacramento. »

Joan Didion était née en 1934 dans cette ville de la ruée vers l'or. Après des études à Berkeley, elle file à New York travailler pour *Vogue*. Elle avait 20 ans. Son premier article était consacré à l'estime de soi. Elle scrutait son pays à la loupe. Le cinéma l'intéressait, avec un penchant pour les acteurs, en particulier pour John Wayne qu'elle avait vu dans *La Ruée sanglante* proposer à sa partenaire de lui construire une maison, « au tournant du fleuve, là où poussent les peupliers ».

Le couple qu'elle formait avec l'écrivain John Gregory Dunne était mythique. Elle se souvenait de leur mariage, « quand il y avait encore des vergers au bord de la route 101 ». En 1969, ils étaient dans un hôtel à Honolulu « au lieu de remplir les papiers du divorce ». Ils ne se quittèrent jamais. Ensemble, ils signent des scénarios (*Panique à Needle Park,* qu'elle présenta aux producteurs comme un « *Roméo et Juliette* chez les drogués » ou un remake tartignolle d'*Une étoile est née* avec Barbra Streisand).

Leur villa de Malibu ne désemplit pas. On y croise les jeunes Scorsese, Spielberg, De Palma. Harrison Ford, à l'époque charpentier, a bâti la terrasse en bois. Warren Beatty drague la maîtresse de maison. Dans la presse, Joan s'intéresse à la politique, aux hippies, au Vietnam, aux faits divers, à Howard Hughes, aux fillettes de 5 ans sous acide. Son premier roman, *Run, River,* sort en 1963, dans un brouillard d'indifférence. Il faudra attendre la parution de *Mauvais joueurs* (1970) pour que la célébrité lui tombe dessus. On tira du livre un film avec Tuesday Weld et Anthony Perkins. Didion aurait voulu que Peckinpah le réalise. Ce fut Frank Perry. À l'écran, Maria, actrice de série B, parcourt les autoroutes au volant de sa Corvette jaune.

Joan Didion fut le chantre des années 1960, une Susan Sontag en plus abrasif et acéré. Dunne et elle repartirent s'installer à Manhattan, signant dans la *New York Review of Books.* Elle vénérait *Victoire* de Conrad, conservait ses manuscrits dans le réfrigérateur, partait en reportage au Salvador. Elle fuyait les descriptions comme la peste, avait une peur bleue des serpents (ils pullulent dans son œuvre).

Le snobisme ne lui était pas étranger. Elle rappelait souvent le soir où Polanski avait renversé un verre de vin rouge sur la robe qu'elle avait achetée pour son mariage, ou le jour où Kennedy fut assassiné, au choix. On n'oubliera pas ses personnages en pièces détachées, épouses de sénateurs (*Démocratie*) ou de marchands d'armes (*Un livre de raison*), ses phrases rectilignes. Pour elle, la Californie restait une énigme, la dernière frontière.

Son monde s'effondra le 30 décembre 2003, lorsque John Gregory Dunne fut foudroyé par une crise cardiaque. Elle pesait 34 kg, ne se nourrissait que de porridge au riz et résista au chagrin à sa façon, en donnant *L'Année de la pensée magique* qui fut un best-seller et bientôt un monologue à Broadway avec Vanessa Redgrave.

Deux ans plus tard, elle perdit sa fille Quintana, qui avait 39 ans. Le remède fut identique : un récit intitulé *Le Bleu de la nuit.* On ne se refait pas. « Je suis écrivain depuis toujours », disait-elle. Peut-être que John Wayne l'a attrapée par la main et lui a enfin montré « où poussent les peupliers ».

Dernière séance

La nostalgie bat son plein. Il y a eu une époque où ce qui se passait dans la salle était presque aussi intéressant que ce qu'on voyait sur l'écran. La Cinémathèque eut pour adresses successives l'avenue de Messine, la rue d'Ulm, le Palais de Chaillot. Il convenait de s'asseoir au premier rang. On y croisait Godard, Truffaut, Rivette. Le génial et bordélique Henri Langlois veillait sur son public.

Le producteur Gérard Lebovici avait racheté le Cujas pour y passer exclusivement les œuvres de Guy Debord. En 1975, la Pagode était le seul endroit où découvrir le sulfureux *Salo* de Pasolini. On y donna plus tard simultanément le nouveau Woody Allen et *Le Jour et la Nuit* de Bernard-Henri Lévy. Le critique Alain Riou, qui attachait sa bicyclette à la grille, entendit le gérant lui dire : « Si c'est pour Woody Allen, c'est complet. Si c'est pour BHL, vous pouviez y aller même avec votre vélo. »

Le Kinopanorama possédait le plus grand écran de Paris. Au Styx, spécialisé dans l'horreur, le dernier rang était constitué de cercueils à la verticale. Le Studio Universel, avenue de l'Opéra, était le royaume des dessins animés. À l'entrée, les ouvreuses distribuaient des illustrés aux enfants.

Que sont devenues ces dames, si chères à Truffaut, avec leur lampe de poche et leur panier en osier ? Elles proposaient des bonbons et des chocolats glacés, ne vivaient que de pourboires. Si un spectateur oubliait de les rémunérer d'une pièce, elles lui dévoilaient dans le noir le nom de l'assassin. L'anecdote appartient à la légende. Les fauteuils étaient en feutrine rouge. Les strapontins claquaient pendant la séance. On avait droit à des courts-métrages avant l'entracte. Il ne s'agissait pas toujours d'un cadeau.

Rue Gît-le-Cœur, le cinéma d'art et d'essai qui portait ce nom est devenu une salle pour les Témoins de Jéhovah. Rue du Dragon, le vidéo gay s'est transformé en magasin de surgelés. Le Gaumont-Rive Gauche est une boutique de vêtements. Au Studio des Ursulines, où eut lieu la première du *Chien andalou*, les surréalistes déclenchaient des bagarres. Le Mac-Mahon, proche de l'Étoile, abrita un mouvement qui défendait le carré d'as, Preminger, Losey, Walsh, Lang. Ils s'opposaient aux « hitchcocko-hawksiens ». Dans le 16ᵉ, le Ranelagh avait tout le temps à l'affiche *Les Enfants du paradis*. Le Hollywood Boulevard s'était spécialisé dans les Bruce Lee. La façade annonçait : « Deux grands films au même programme. »

La liste serait trop longue. Les villes sont désormais les cimetières de nos souvenirs. Que peut-il arriver de mémorable dans un multiplexe qui diffuse plusieurs fois le blockbuster du moment ?

Doris & Rock

Qu'est-ce que c'était bien, la vie en Technicolor ! Quelle fraîcheur. Cette naïveté. Le couple Doris Day-Rock Hudson fonctionnait à merveille. Ces deux-là étaient faits l'un pour l'autre, à l'écran tout du moins. Ils se chamaillent, s'envoient des vacheries, se réconcilient dans des décors pimpants.

Dans *Confidences sur l'oreiller* (1959), qui obtint l'Oscar du meilleur scénario, le réalisateur Michael Gordon leur octroie la même ligne de téléphone. Il passe des heures au téléphone. Elle piaffe et entend les conversations qui n'en finissent pas avec toujours une dame au bout du fil. Cette blonde aux formes rebondies est décoratrice. Lui est compositeur, ce qui lui permet de fredonner un refrain identique à ses nombreuses conquêtes. Quand ils se rencontrent, le coureur de jupons se fait passer pour un brave Texan en visite à Manhattan. Elle fond. Les malentendus s'accumulent. Leurs échanges sont souvent montrés en split-screen. Un gag récurrent concerne la femme de ménage qui a tout le temps la gueule de bois. Happy end garanti.

En prime, ce sage conseil : « Ne bois jamais quelque chose qui soit plus fort que toi. Ou plus vieux. »

Un pyjama pour deux (1961), de Delbert Mann, emprunte un schéma pas si éloigné. Encore un quiproquo. Doris Day, qui travaille dans la publicité, ignore que Rock Hudson est son concurrent le plus direct. Bienvenue sur Madison Avenue. Les agences se livrent à une guerre impitoyable. Dans cette « jungle de flanelle grise », Hudson déboule le matin dans son bureau et demande à sa secrétaire : « Un café, un jus de tomate et un masseur. » Du *Mad Men* avant la lettre. Pour décrocher le contrat du siècle, il prétend être un chimiste ayant obtenu le prix Nobel, scientifique nigaud et pur qui n'ose pas déclarer sa flamme à la New-Yorkaise. Un mystérieux produit doit voir le jour. De quoi s'agit-il ? Ce mystère agite le milieu. On saute de night-clubs en suites d'hôtel, de restaurants étoilés en penthouses luxueux. Ils finiront par se tomber dans les bras, sinon ça ne serait pas drôle.

Ne m'envoyez pas de fleurs (1964) est signé Norman Jewison. Sur une musique de Burt Bacharach, un hypocondriaque croit n'avoir plus que quinze jours à vivre. Ce bon gars cherche un futur mari pour sa douce épouse. Ils habitent une maison cossue. Le voisin avocat est toujours prêt à donner un conseil. Problème : il ne dessaoule pas. C'est lui qui prépare l'éloge funèbre. Tournois de golf, matches de tennis, parties de bridge, on est presque dans un mélange de John Updike et des *Saintes Chéries*. Doris a sa jolie frimousse, des bigoudis sur la tête. Hudson se gave de médicaments. Elle pense qu'il la trompe. Elle boucle ses valises. Un ancien flirt ressurgit. Ce grand dadais lui marche sur les pieds. À la dernière image, on débouche le champagne.

Comme tout cela était bon enfant, délicieusement démodé. Il ne faut pas rater les étincelles que produisent cette brave fille pas compliquée et ce brun baraqué sorti de chez Douglas Sirk. Cette innocence, oui, est perdue à jamais.

Reims

Le festival du film policier retrouvait ses vraies couleurs. Les salles étaient pleines. Les projections se succédaient à un rythme d'enfer. Niels Arestrup présidait le jury officiel. Les maisons de champagne avaient ouvert leurs crayères et leurs celliers. En sautant, les bouchons imitaient le bruit des balles.

Tout le monde demandait à Hélène Fillières s'il y aurait une suite à *Mafiosa*. À table, Camille Laurens tentait d'expliquer la différence entre végan et végétarien, ce qui donna aussitôt envie de commander un steak. Les producteurs Laurent Pétin et Michèle Halberstadt décidèrent de rebaptiser leur société LPMH pour concurrencer une marque de luxe. Florent-Emilio Siri (*L'Ennemi intime*) parlait de la bande à Bonnot et se lançait dans un éloge de Pierre Schoendoerffer. Walter Hill (*48 Heures*) ne faisait pas son âge. Il avait une canne et un faux air de Droopy.

Le meilleur film de la semaine fut à coup sûr la master classe de Vincent Lindon. Deux heures un quart de spectacle total. La foule se bousculait sur les travées. Elle ne le regretta pas. À l'écran, l'acteur est exceptionnel. Sur scène, il est unique. Les fous rires enchaînaient avec les émotions.

Lindon interdit les photos, rappela son enfance avec une cuillère d'argent dans la bouche, évoqua ses traumatismes (« Ma mère ne savait pas si j'étais en cinquième ou en sixième »). Il a travaillé pour Depardieu à 19 ans et pour Coluche à 20 ans (« C'était Maradona et Platini »). Il était à la fois sincère et cabot, sensible et roublard, tout ce qu'on aime. Pas une minute de répit. « Comédien ? C'est un métier con. Qu'est-ce que tu as fait aujourd'hui ? Je suis mort, c'est bien. »

Alain Delon est son héros absolu. Il voudrait être anglais et l'ami de Richard Curtis pour tourner avec Julia Roberts. Le voilà résumant une scène de *César et Rosalie*, récitant à la virgule près un dialogue de *La Femme d'à côté*. La sagesse le pousse à constater : « Toute ma vie, j'ai évité le rôle de ma vie. » Il devrait se lancer dans un stand-up. En attendant, il faudrait le filmer jour et nuit, et même pendant le passage à l'heure d'été.

Walt Disney

On s'engouffre dans l'univers de Walt Disney avec les yeux émerveillés d'Alice au pays des merveilles. Il avait fondé le dernier atelier de la Renaissance. « Je ne peux pas rester en place », avouait cet ancien garçon de ferme né en 1901. La suite l'a prouvé.

Quelle énergie ! Quelle invention ! Des premières *Silly Symphonies* (1929-1939) en noir et blanc au somptueux *Livre de la jungle* (1967), cela n'a pas arrêté. Même la guerre ne brida pas son inspiration. Quand il envisage de se lancer dans un long-métrage en dessin animé, tout le monde lui rit au nez. Devant les sceptiques, il hausse les épaules. « C'est plutôt amusant de faire l'impossible. » Ce sera *Blanche-Neige* (1937). « On nous avait prédit que personne ne resterait assis devant un tel film jusqu'au bout. » C'est une révolution. Disney ne laisse rien au hasard. Pour la Reine, par exemple, il voulait « un mélange de Lady Macbeth et du Grand Méchant Loup ». Quant à Blanche-Neige, il fallait « une Janet Gaynor de 14 ans ». Le film avait nécessité 650 artistes. On les envoyait voir *Le Docteur Caligar*i et *Metropolis*. Ça n'est pas un hasard si la scène d'ouverture se retrouve citée quasiment plan par plan au début de *Citizen Kane*, influence qu'Orson Welles a toujours niée.

Auparavant, Walt et ses équipes s'étaient beaucoup entraînés. La première héroïne s'appelait Alice. Les courts- métrages alternaient prises de vues réelles et animation. Mais la star de l'époque était un lapin prénommé Oswald, qui apparut sur les écrans en complément de *La Chair et le Diable* avec Greta Garbo. L'animal avait une fiancée, Fanny, et leurs démêlés annonçaient les rapports de Mickey et Minnie. Dans ces petits formats, il y avait des docteurs fous, des vaches qui prennent leur bain en chantant de l'opéra, des cochons insouciants. Et des souris, évidemment, une ribambelle de souris. Disney donnait à ses artistes des primes pour des idées de gags. En 1927, il avait créé un département scénario. Les histoires comptaient. Des notes reviennent sur les différentes moutures des intrigues. Ça ne plaisantait pas.

Une date est à marquer d'une pierre blanche. Le 21 mai 1928, Disney dépose l'appellation commerciale « Mickey Mouse ». Riche idée. En 1939, Disney crée ses propres studios à Burbank. Sa curiosité est sans bornes. Il n'y a que lui pour se lancer dans une aventure comme *Fantasia* (1940), avec Mickey en apprenti sorcier, une hérésie selon les puristes. Disney en est conscient : « Bach et Beethoven sont peut-être de drôles de compagnons pour Mickey Mouse. » Selon David Mamet, *Dumbo* (1941) constitue « l'exemple d'un film parfait ». Pearl Harbor empêche l'éléphanteau d'être

« l'animal de l'année » en une de *Time*. Au dernier moment, il est remplacé par Roosevelt. *Bambi* (1942) frôle le miracle. « Ces personnages, c'est de l'or pur. » Une photo montre une vingtaine de collaborateurs, bloc et crayon en main, assis en rond autour d'un vrai faon. Le *Hollywood Reporter* est dithyrambique : « Les critiques hésiteront à le décrire comme un dessin animé. Ce film ressemble davantage à une peinture exquise. » Que ceux qui n'ont pas pleuré quand la mère de Bambi meurt lèvent le doigt : ils n'auront rien pour Noël. Il n'y a que le grincheux Manny Farber de *New Republic* pour se pincer les narines : « Mickey aurait préféré être pendu que de figurer dans un film pareil. » Pendant la guerre, Disney ne reste pas les bras croisés. Ce patriote lutte avec les moyens du bord : « Face à cette moitié du globe forcée de crier "Heil Hitler !", voilà notre réponse : "Saludos amigos." »

Les réussites s'enchaînent. Elles coûtent cher. Souvent, à leur sortie, les films ne sont pas amortis. Disney ne lâche pas. Des séances du mercredi après-midi reviennent à l'esprit. Saviez-vous que *Cendrillon* avait d'abord été filmé avec des acteurs ? Clochard, « séduisant bâtard », répondait à ce critère : « Il doit être un Cary Grant. » C'est simple : « Aucun miracle concevable par l'esprit n'est impossible à créer grâce à l'animation. » Disney inventait des méchants de haut calibre. Ah, Cruella d'Enfer ! Madame Mim ! Les horribles siamois de *La Belle et le Clochard* ! Walt Disney disparaît le 15 décembre 1966. Il a raté Noël. C'est trop injuste. « Je n'ai jamais vu une personne avoir l'air triste dans le studio », disait-il. À Burbank, il exigeait qu'on l'appelle Walt. Pour des générations et des générations, ce grand bonhomme en veste à carreaux demeurera monsieur Disney.

La bouche pleine

L'art ne suffit pas. On sait qu'il ne nourrit pas toujours son homme. Il y a des exceptions.

Colette et Cocteau avaient leur table au *Grand Véfour*. Malraux était un habitué de chez *Lasserre*. Il a même donné son nom à un pigeon.

Orson Welles, très rive gauche, préférait *La Méditerranée*, face à l'Odéon. On le voit sur une banquette, entouré de jolies filles, dans *Vérités et mensonges*. Jacques Laurent déjeunait chez *Lipp*. Il savait que l'horloge de l'établissement avançait de huit minutes. Son verre de whisky l'attendait.

À une époque, l'acteur Raymond Pellegrin était propriétaire de *Lapérouse*, sur les quais. Les salons privés fermaient à clé.

Montherlant ne se cassait pas la tête. Direction *Le Voltaire*, à deux pas de chez lui. Une de ses manies consistait à rouler des boulettes de mie de pain entre ses doigts. Une autre le poussa à se tirer une balle dans la tête après avoir avalé une ampoule de cyanure.

À New York, Woody Allen fréquentait *Elaine's*, sur la 2e Avenue. L'endroit a fermé en 2011. Robert De Niro a ouvert des restaurants japonais à Tribeca. Il a même existé une antenne parisienne du côté des Champs-Élysées. Francis Ford Coppola s'occupe désormais de vin. La Napa Valley a remplacé Hollywood. Il s'est lancé aussi dans l'hôtellerie. Dormir chez le Parrain, au Belize ou en Italie du Sud, quel rêve !

Les écrivains ne détestent pas avoir une serviette autour du cou. Hemingway raffolait du cervelas rémoulade. Vous l'imaginez demandant au serveur s'il y a du gluten dans les plats ?

Claude Zidi

Cet homme est grand. Il est le père des *Charlots*, des *Sous-doués* et des *Ripoux*. D'autres auraient bâti une carrière sur moins que ça. Claude Zidi filmait comme ça lui chantait et si parfois cela chantait faux, cela n'était pas grave. Chabrol, dont il avait été le cameraman, lui avait appris la désinvolture et le système D. Les leçons furent retenues. On sait moins qu'il travailla également avec Jacques Rivette. Le cinéma mène à tout.

Cet homme couvert de succès est modeste, serein, étonné qu'on s'intéresse à lui, avec une casquette et une queue-de-cheval. Les années 1970 lui doivent beaucoup. *Les Bidasses en folie* sont un triomphe. « J'ai écrit le film absolument tout seul. » Christian Fechner est son producteur. « Ça n'était pas seulement un homme d'affaires. Il était aussi dans les paillettes. » Zidi est capable de tout. Quand un des personnages demande un steak bleu, le serveur lui apporte une viande vraiment bleue. Il ose, ne se pose pas de questions inutiles. « Ça n'est pas du cinéma réaliste », résume-t-il. Il tourne comme il respire.

Un 31 décembre, dans une discothèque de Montparnasse, Fechner lui propose un film. Zidi lui en donnera deux dans l'année : *La Moutarde me monte au nez* et *Les Bidasses s'en vont en guerre*. Les comiques se bousculent devant sa caméra. Chez lui, Pierre Richard est amoureux de Jane Birkin (*La Course à l'échalote*) et Belmondo de Raquel Welch (*L'Animal*). De Funès dirige l'équivalent du guide Michelin dans *L'Aile ou la Cuisse* (« J'ai eu l'idée dans un restaurant de la rue des Acacias. ») ou joue le mari d'Annie Girardot (*La Zizanie*). Pour lui donner la réplique, Zidi songe à Coluche. L'épouse de De Funès n'est pas chaude. Heureusement leur fils les convaincra. Daniel Auteuil a droit grâce à lui à un de ses meilleurs rôles. « On va essayer d'en faire une star », telle était l'idée. Dans *Les Sous-doués en vacances*, Guy Marchand chante « Destinée ». Le slow sera un tube international.

Pour lui, cinéma commercial ne constitue pas une insulte. Ses films, il les définit comme « un peu légers, en apesanteur ». Le n'importe quoi ne l'effraie pas. « Le seul réalisateur profond que je connais, c'est le commandant Cousteau », déclare Michel Serrault. Avec lui, des coiffeuses font cuire des croque-monsieur dans le séchoir de leurs clientes. Girardot se déguise en geisha. Un dragueur aborde une lycéenne : « Vos parents habitent chez vous ? » Son œuvre – il faut bien appeler ça comme ça – est remplie de cascadeurs maladroits, de trous normands, de flics pourris, de filles en tenue légère qui trottinent sur une musique de Vladimir Cosma.

Il a écrit *Banzaï* au bord d'une piscine à Cadaqués. « Ça n'était pas un travail intense. » Michel Audiard et Pascal Jardin ont collaboré à ses scénarios, ce qui n'est pas rien. Depardieu, qu'il a engagé dans *Inspecteur la Bavure*, dit de lui : « J'aime ses films autant que ceux de Ferreri. » Avec le recul, on se demande s'il s'agit d'un compliment. À propos des *Ripoux*, Gilles Jacob lui avoue : « Votre film, si je l'avais vu, je l'aurais sélectionné à Cannes. » Zidi a eu chaud. « Je ne pouvais pas avoir des César avec *Les Ripoux* et aller à Cannes avec *Les Rois du gag*. »

Hollywood s'est offert avec *True Lies* un remake de *La Totale*. Il a été aux commandes d'un des *Astérix*. Il n'aime pas revoir ses films : les erreurs lui sautent aux yeux (il y en a une gratinée dans *L'Aile ou la Cuisse*). Il a comptabilisé 80 millions d'entrées en vingt-cinq films. « Tant que le public continuera à voir mes films, je tournerai », confiait-il au sommet de sa gloire. Personne n'explique pourquoi il a arrêté. Claude Zidi garde son mystère.

Paris au mois d'août

Dans le roman, René Fallet indique que son personnage ressemble à Charles Aznavour. Pierre Granier-Deferre ne se l'est pas fait dire deux fois. En adaptant *Paris au mois d'août*, il confie le rôle principal à l'acteur de *Tirez sur le pianiste*.

C'est un été en noir et blanc. Il fait beau. Sa femme et ses enfants sont en vacances à Concarneau. Plantin travaille au rayon pêche de la Samaritaine. Ce petit vendeur en blouse grise a l'air de sortir d'un dessin de Sempé. Il rêve, se promène mains dans les poches, tombe sur une touriste anglaise qui cherche le Panthéon. C'est parti. Patricia est blonde, mannequin. Elle balance son sac au bout du bras, se demande à quoi sert l'Académie française, s'interroge : « Qu'est-ce que c'est, un brin ? » Ils se promènent dans le 6e arrondissement et leur errance rappelle celle du *Feu follet*.

On voyait Paris, dans les films de ces années-là. C'était un Paris un peu désert, avec des 2CV et des façades pas encore ravalées. Il lui fait croire qu'il est peintre, l'emmène déjeuner au premier étage de chez *Lipp*. Le serveur explique à la demoiselle ce qu'est « une pédale ». Elle prononce « beaujoli » au lieu de « beaujolais ». Elle veut aller à Deauville. Ou à Cannes. Ses caprices ont un charme fou. Comme ce film à l'élégance naturelle, d'une légèreté disparue, avec de soudains accès de mélancolie. Et si elle se jetait dans la Seine ? Ils tombent amoureux. Donc, ils traversent la Concorde en courant. Elle le trouve « rigolo » et refuse de quitter la capitale avant d'avoir visité le tombeau de Napoléon. Il y a une fraîcheur, un allant, une ville sans Vélib' ni sanisettes, avec des cabines téléphoniques, des comptoirs en zinc où l'on commandait un café noir. Elle devra rentrer chez elle. Il lui arrivera d'être triste. « Si vous avez envie de pleurer, ça ne fait rien. » Il tapera sur la table. « Je me fous même de moi. C'est ça, l'amour, oui ou merde ? » Le bonheur n'est pas fait pour durer.

Pierre Granier-Deferre, le plus injustement sous-estimé des metteurs en scène français, peint cette parenthèse enchantée avec une grâce inouïe, s'attarde sur les jambes de la délicieuse Susan Hampshire. Le film de 1966 a longtemps été invisible. Il est inutile d'attendre le mois d'août pour se précipiter dessus.

Dépôt de bilan

Quand même, nous avons été au-dessous de tout. Vraiment, nous n'avions pas voulu ça. Était-ce cela, nos vies, rien que cela ? La soixantaine, putain. Soixante ans. Cela a fini par arriver. Qu'avons-nous fait de tout ce temps, hein ? Nous n'avons même pas été capables d'avoir le Goncourt. Nous n'avons pas été fichus d'attraper un solide cancer. Nous avons raté nos mariages et nos accidents de voiture. Les choses nous sont tombées dessus sans que nous nous en apercevions. Nous avons écrit dans tous les journaux possibles et imaginables. Il y a plein de titres qui ont disparu. À vingt ans, voir notre nom dans *Pariscope* nous semblait le comble de la reconnaissance. Au début, nous aurions pu réciter nos articles par cœur. Nous pensions que la terre entière les avait repérés. Nous rêvions de publier des romans qui auraient démodé *Tendre est la nuit*, laissé *L'Attrape-cœurs* sur le carreau. Nous sommes devenus des écrivains moyens, des survivants. Nous ne l'aurions avoué à personne, mais nous étions romantiques et passionnés. Baisser la garde ? Plutôt crever. Tout nous était dû. Nos études étaient restées en plan. Les autres préparaient l'ENA, intégraient

Normale Sup. Nous lisions *Monsieur Jadis*, arpentions le 6e arrondissement sur les traces d'Antoine Blondin. Sécher les cours était notre sport favori. À la Sorbonne, les professeurs ne servaient à rien. Nous n'avions pas besoin d'eux pour savoir ce qui nous servirait de modèle. Nous tâchions de ressembler à Maurice Ronet dans *Le Feu follet*. Le tweed nous grattait. Les cravates en tricot étaient à l'époque une denrée rare. Les années 70 cultivaient les pattes d'éléphant et les chemises pelle à tarte. C'était la honte. Les lodens régnaient rue d'Assas. À Censier, c'étaient les duffle-coats. Nous avions des réductions dans les cinémas du Quartier Latin. Par quel miracle ne croisions-nous jamais l'Isabelle Adjani de *La Gifle* devant la faculté de médecine rue des Saints-Pères ? Le vieux *Rouquet*, boulevard Saint-Germain, était notre QG. Ce café est un des seuls endroits à ne pas avoir bougé. Ce miracle résistera-t-il à l'assaut des boutiques de luxe ? Vuitton a remplacé la libraire La Hune où le personnel était si désagréable : ils refusaient de vendre Marcel Aymé. Nous achetions des 33 tours en face, au drugstore qui restait ouvert jusqu'à minuit. À Montparnasse, rôdaient les fantômes de Fitzgerald et d'Hemingway. À la *Closerie des Lilas* les irish coffees étaient les meilleurs du monde. Au *Rosebud*, il fallait commander des chilis con carne. Du vin du Poitou les accompagnait. Les serveurs avaient des vestes blanches. Des disques de jazz tournaient sur le pick-up, au bout du comptoir. Parfois, nous apercevions Jean-Pierre Léaud, avec sa mèche qui lui tombait sur le front et qu'il ramenait tout le temps en arrière avec la main. Antoine Doinel buvait des cocktails et nous n'osions pas l'aborder pour lui dire qu'il avait enchanté notre adolescence. Nous ne sommes pas revenus au *Rosebud*. Est-ce dans les toilettes de ce bar que Fitzgerald montra son anatomie à Hemingway ? En tout cas, c'était rue Delambre. À l'angle, nos futurs éditeurs avaient table ouverte au *Dôme*. Il faudrait récapituler les déjeuners qui eurent lieu là-bas avec Albin Michel. *Le Point* y avait aussi son rond de serviette. Le mille-feuille était irréfutable. Francis Esménard félicitait un Nick Tosches éberlué d'entendre ce Français l'accueillir d'un tonitruant : « You have written a fucking great book » (l'accent ne pouvant pas être transcrit par les caractères d'imprimerie). L'Américain se tourna vers l'assemblée et lâcha : « Who is this guy ? » Dans le box voisin, Richard Ducousset réclamait ses cigares. Depuis, il est interdit de fumer dans les restaurants. Les gens sortent au milieu des repas, laissant leur assiette entamée, leur serviette roulée en boule sur la table. À midi, les clients se contentent d'une demi-Badoit.

Nous n'en étions pas encore là. Nous avions, quoi, vingt ans et quelques. L'avenir, nous n'en ferions qu'une bouchée. Nous fûmes des champions du dérisoire, des médailles d'or de la pirouette. Le sérieux n'était pas pour nous. Notre devise ? Un haussement d'épaules. Avec ça, nous n'irions pas loin. Nous y sommes. La course est (presque) finie.

Nous faisions les malins au bar du *Pont-Royal*. Geneviève Dormann allumait sa première cigarette. Sollers en était déjà au bloody mary. Nous, buvions n'importe quoi, bière ou champagne, bordeaux ou chardonnay. Un chapitre des Rats se tenait dans ce repaire en sous-sol. Un soir, Bernard Frank y a perdu son alliance. L'hôtel a été restauré. Le bar est désormais au rez-de-chaussée. Personne n'y va. Gallimard a perdu sa boussole. Pour Grasset, la situation n'est guère plus brillante. Le *Twickenham*, ce pub anglais qui faisait office pour eux de base arrière, a été transformé en magasin de vêtements italiens. On est sobre, de nos jours, dans l'édition. Il n'est pas sûr qu'il s'agisse d'un progrès. Des foies sains n'incitent pas aux chefs-d'œuvre. Les vitrines des libraires sont remplies d'auteurs n'ayant jamais entendu parler de gamma GT.

Nous étions pigistes. Nous avions nos premières cartes de crédit. Les notes de frais, il faudrait attendre un peu. Paris était plein comme un œuf. Les nuits étaient agitées. Les gueules de bois se succédaient. Un jour, il faudra raconter tout ça. Les taxis étaient nos résidences secondaires. On les identifiait à leur lumière verte. Elle nous paraissait remplie d'autant d'espérance que le cœur de Gatsby. Le sport consistait, front collé contre la vitre, à regarder les façades des immeubles, les premiers étages illuminés. Parfois, des silhouettes se découpaient dans le rectangle de la fenêtre. Les maîtresses de maison avaient de petites robes noires. C'étaient d'autres vies que les nôtres. Dans les rues de la nuit, les G7 – il n'était pas question d'Uber ou de Kapten – nous emmenaient au *Bus Palladium*, aux *Bains-Douches*, à l'*Élysées-Matignon*. Ces syllabes résonnaient à nos oreilles comme des noms de batailles. C'étaient nos Verdun, nos Dien-Bien-Phu. Il y eut la saison des tequila-sunrise, des gin-pamplemousse, des bourbons sour.

Nous dînions à la *Ciboulette* : telle était notre excuse pour nous rendre en face de Beaubourg. Jean-Pierre Coffe officiait en vaste blouse à carreaux. Il était jovial et impétueux. Le chablis coulait à flots. Sur le parvis, le musée imitait soudain le paquebot de Fellini. Nous pensions que cela allait durer toujours. Aujourd'hui, la *Ciboulette* est un fast-food.

Puis nos livres sont sortis. Notre certitude de remplacer Sagan fit long feu. Quand nous passions à Apostrophes, nous en vendions encore moins que lorsque nous n'étions pas invités. Cet exploit nous désolait à peine. Notre paresse n'était pas trop visible, car les mots étaient nos complices. Ils surgissaient comme si de rien n'était. Ce miracle nous paraissait naturel. Bizarrement, il n'a pas cessé. Le résultat, bon, vaut ce qu'il vaut. L'angoisse de la page blanche figurait aux abonnés absents. Il aurait peut-être fallu souffrir davantage. Les affres de la création, très peu pour nous.

Nouveaux hussards, on nous baptisa. L'étiquette provoqua des sourires. Nous ne l'avions pas volée. Elle nous colle à la peau. C'est dire si nous nous sommes distingués par la suite. Voilà ce qui se produit à force de citer Nimier à tout bout de champ. Les hussards sont descendus de cheval. Ils siègent dans des jurys, surveillent leurs kilos en trop, se sont habitués à la conduite automatique. Aucun mort sur la route parmi les écrivains d'aujourd'hui.

Nous avons enterré les années 80 un 31 décembre au *Meurice*. Trente ans plus tard, nous avons récidivé. Il y avait eu des morts. Jean-Michel Gravier avait tiré sa révérence. Il fit ça dans le secret et avec élégance, laissant derrière lui un récit qui récapitulait ses admirations et un bref roman dont les aficionados se chuchotent le titre comme un mot de passe. Nous repensons à lui, avec ses grands yeux étonnés, sa façon de mettre sa main devant la bouche quand il riait, son éternelle doudoune rouge. Frédéric Berthet est parti entre Noël et le jour de l'An. Sans s'en douter – ou plutôt si, bien sûr qu'il s'en doutait –, il décrivait la scène dans *Daimler s'en va*, la femme de ménage qui découvre le corps inanimé dans le salon. Il est mort d'alcool et de désespoir. Nous gardons son numéro de téléphone dans nos carnets d'adresses, ces agendas Hermès au cuir tout gondolé, aux coins abîmés. Nous n'avons pas oublié cet appartement de la rue Tournefort, perché sous les toits, vaguement moderne, avec une terrasse. Un piano trônait dans la pièce principale. Des verres qui avaient dû contenir du vin blanc patientaient sur la table basse. Berthet avait ses grosses lunettes, ses polos bleu marine boutonnés jusqu'au col, cet air de professeur détaché dans une université de Nouvelle-Angleterre, le type que les étudiantes en jupe plissée – des sosies d'Ali McGraw ou de Candice Bergen – attendaient dans son bureau après les cours. Nous nous souviendrons qu'il aimait Nabokov et les coups de téléphone qui n'en finissaient pas. Nous le relisons régulièrement. Nous continuerons.

Le bilan est lourd. Il n'y a pas de quoi se vanter. Toutes ces femmes que nous n'avons pas su aimer, qui se sont perdues dans la vie urbaine. Elles tiennent le bras d'autres hommes, ont pratiqué la chirurgie esthétique. Elles ont refait leur vie, comme on dit. Nous, la vie nous a refaits.

Se tirer une balle dans la tête, se tuer au volant d'une Aston-Martin, avoir une crise cardiaque au cinéma, s'effondrer sur la nappe au restaurant, ces solutions extrêmes nous auront été épargnées.

La carcasse avait tenu le coup, vaille que vaille. Le délabrement menaçait cependant. Il était fréquent de se réveiller au milieu de la nuit, en nage, avec une terrible envie de pisser. Nous nous étions envisagés en vieillards magnifiques, nimbés de légende, retirés dans des maisons à la campagne, avec des labradors au pelage chocolat, une cave de précision et des murs garnis de Pléiade. Les amis étaient censés venir le week-end. Le feu brûlerait dans la cheminée. Les hostilités commenceraient par des kirs bien tassés. À la place, nous donnons des rendez-vous au *Lutétia* et attaquons un deuxième Moskow Mule. Encore une gorgée, et nous nous mettions à regretter Giscard. Aïe. Ça n'allait plus du tout. Mieux valait rentrer chez nous nous exciter sur des présentatrices de météo.

Nous avons voulu écrire le grand roman de la quarantaine, puis celui de la cinquantaine. Nous n'avons rien fait. Soixante ans sonnèrent le déclin, sifflèrent la fin de la récréation. Comme nous avions pu aimer le champagne. Cela nous a passé, comme le reste. Tout cela s'était donc résumé à du folklore. La comédie n'amusait plus grand-monde. Nous avions cessé de faire illusion. Le siècle vingt-et-unième fut le cimetière de nos impostures. Nous aurions dû abaisser nos tarifs. Les putains sur le retour n'agissent pas autrement. Nous assistons à de plus en plus d'enterrements.

Et nos livres, nos pauvres livres, plus ou moins épuisés, à moitié oubliés. Ils nous parlent d'un temps où nous étions farouches et inconscients, pas effrayés par des rêves de grandeur. Ces milliers d'articles, dispersés dans la presse, évoquant des épisodes bientôt effacés, cette cohorte de phrases qui sortaient du stylo comme du dentifrice quand on appuie sur le tube.

Nous avons déménagé cent fois, divorcé presque autant. Les ruptures ne parvenaient plus à nous démolir. Qu'est-ce qui aurait encore pu nous foutre en l'air ? C'est bien le drame. Aucune réponse ne nous vient.

Le *Pont-Royal* n'existe plus. *Les Bains* abritent un hôtel cinq étoiles. Il reste le *Rouquet*, le bon vieux *Rouquet*, avec ses tables en formica, son carrelage à l'ancienne, cet air de décor pour film de Godard. Avant, il y avait un flipper, sur la droite en entrant. Nos fils vont chez *Castel*. La boîte a été retapée. Des bites sont dessinées sur la moquette. Les clients (défense de dire les membres) marchent sur des couilles. Il y a des Académiciens plus jeunes que nous. Le président de la République, on n'en parle même pas. Les souvenirs s'effacent. Il y a eu toutes ces années rassemblées en un ridicule petit tas. Nous avons vu notre jeunesse mourir sous nos yeux, comme un chien qui se roule en boule dans sa niche. La vieillesse ne nous guérira pas. Nous avons continué à raisonner comme dans les livres, à respirer dans un monde de papier. Les aînés ne sont plus là. Nous n'avons pas pris la relève. Un immense vide s'étend autour de nous. Nous avons été des fils par vocation. Nous serons des orphelins par nécessité. Il n'y aura plus beaucoup d'hivers. Qu'est-ce qui nous attend ? Un jour, un jour peut-être, nous aurons l'âge d'homme. Suffit.

Table

Du même auteur

(Très) cher cinéma français, prix Renaudot essai, Albin Michel, 2019.

Les Polaroïds, prix de la Petite Maison, Le Rocher, 2018.

Costa Brava, prix Cazes, Albin Michel, 2017.

Deux ou trois leçons de snobisme, Écriture, 2016.

Dictionnaire chic de littérature étrangère, Écriture, 2015.

L'Amour sur un plateau (de cinéma), L'Herne, 2014.

Dictionnaire chic du cinéma, Écriture, 2013.

Mufle, Albin Michel, 2012.

Les Insoumis, prix Vaudeville, Fayard, 2009.

Pension alimentaire, Albin Michel, 2007.

Quand les brasseries se racontent, Albin Michel, 2006.

Histoire de Frank, Fayard, 2003, prix Georges Brassens.

Un bien fou, Grand Prix du roman de l'Académie française, Albin Michel, 2001.

La séance du mercredi à 14 heures, La Table Ronde, 1998.

Champagne !, Albin Michel, 1998.

La Petite Française, prix Interallié, Albin Michel, 1997.

Barbe à papa, prix des Deux-Magots et prix de Roland Jouvenel, Belfond, 1995.

Michel Déon, Le Rocher, 1994.

Pas trop près de l'écran (avec Patrick Besson), Le Rocher, 1993.

Comme hier, Albin Michel, 1993.

Actualités françaises, Albin Michel, 1992.

Les Hanches de Laetitia, prix Roger Nimier, Albin Michel, 1989.

Lettre ouverte à François Truffaut, Albin Michel, 1987.

Des gens impossibles, prix Kléber Haedens, La Table Ronde, 1986.

Nos amies les lettres, Olivier Orban, 1984.

Un triomphe, Olivier Orban, 1984.

Précautions d'usage, La Table Ronde, 1982.

Achevé d'imprimer par CPI Bussière,
en août 2022,
N° d'imprimeur : 2067124
Dépôt légal : octobre 2022

Imprimé en France